बिटिया ना माने

बिटिया ना माने

नीला प्रसाद

भारतीय ज्ञानपीठ

ISBN : 978-93-6944-517-2

बिटिया ना माने
(कहानी-संग्रह)
नीला प्रसाद

BITIYA NA MAANE
(Short-Stories)
by Neela Prasad

सिटी प्रेस, दिल्ली-110 095 में मुद्रित

Published by
Bharatiya Jnanpith
21-A, Daryaganj, New Delhi-110002
Ph.: +91 11 23273167, 23275710
e-mail : vaniprakashan@gmail.com
sales@vaniprakashan.in
website : www.vaniprakashan.com

First Edition : 2025
Price : Rs. 395

उन रौशन-ख़याल, स्वतंत्रचेता बेटियों को

जो ज़िंदगी अपनी शर्तों पर जीती हुई

विवाह संस्था, नारी जीवन और समाज में

सकारात्मक बदलाव लाने का कारक बन रही हैं

अनुक्रम

दहन

मेरा सर्वस्व था उस घर के अंदर! पर नहीं, अब मेरा कुछ भी तो बच नहीं रहा था वहाँ! मैं टैक्सी से उतरकर सोसाइटी गेट के बाहर खड़ी हो गई। भीड़ बहुत है। कारों का जमघट इतना कि आगे बढ़ना मुश्किल। दूर से ही दिख रहे हैं तीसरे तल्ले पर बालकनी में ठुँसे खड़े लोग। कैमरा लादे खड़े लोगों और पत्रकारों की भीड़। हाँ, भीड़ के कई चेहरे मेरे पहचाने हुए हैं। बालकनी में यह हाल है, तब तीन बेडरूम के फ़्लैट के अंदर का नज़ारा कैसा होगा, अनुमान लगाना मुश्किल नहीं। पर मैं तो अनुपम से अकेले में मिलना चाहती हूँ, इसीलिए भीड़ मुझे खल रही है। अकेले में मिलना अब संभव नहीं लग रहा, लिहाज़ा अंदर जाने से हिचक रही हूँ। मुझे गेट पर खड़े देख सिक्युरटी वालों ने पूछ लिया–'कहाँ जाना है मैम?' मैंने भीड़ भरी बालकनी की ओर इशारा कर दिया। इतने तनाव में फ़्लैट नंबर सचमुच याद नहीं आ रहा। गेस्ट रजिस्टर में एंट्री हो गई, मुझे अंदर भेज दिया गया। पाँवों को रास्ता अच्छी तरह याद है। मैं सही जगह पहुँची और लिफ़्ट का इंतज़ार किए बिना सीढ़ियाँ चढ़ गई। फ़्लैट के बाहर फिंके पड़े जूते-चप्पल, बिखरे फूल, पंखुड़ियाँ, रस्सी के टुकड़े, घास-फूस...और अंबार गुलदस्तों का। मैंने भी चप्पल उतार दी और दिल कड़ा करके अंदर घुस गई।

अनुपम सामने ही दिख गया–ज़मीन पर लेटा हुआ, परम शांत। मैंने पिछली बार देखा तब से उसका वजन बहुत ज़्यादा बढ़ा हआ लग रहा है। दिनभर खाते-पीते रहने की पुरानी आदत, साथ में तंबाकू-शराब की लत।

अनुपम ज़िंदगी में अराजक रहा...और प्रेम में भी।

पर अभी आँखें बंद किए चुपचाप लेटा हुआ वह किसी आज्ञाकारी बच्चे-सा दिख रहा है। मासूम। मैं उसे गले लगाना चाहती हूँ। एक बार। आख़िरी बार। अकेले में। उससे कुछ पूछना, उसे कुछ बताना चाहती हूँ–जिसका मौक़ा अनुरोध करने के बावजूद उसने दिया नहीं। मैं कोने में खड़ी इंतज़ार करने लगी। आँखें खोलेगा? क्या कभी नहीं?

कुछ साथी पत्रकारों ने मुझे पहचान लिया, मिलने आए और कंधे पर हाथ रखकर कहने लगे सांत्वना के शब्द; पर ग़नीमत है कि वह नहीं आई। पहचानती नहीं थी न मुझे–वह, यानी अनुपम की सर्वस्व। उस अनुपम की सर्वस्व जो सालों तक मेरा सर्वस्व रहा। वह बार-बार अंदर के कमरे से इस कमरे में आ-जा रही थी–तनावपूर्ण चेहरा लिए। आँखों में ज़बरन आँसू रोके, व्यग्र और बेचैन। भारतीयों की भीड़ में वही है एकमात्र विदेशी–इसीलिए बूझ लिया। अनुपम के पापा को भी पहचान लिया मैंने, पर पास जाने या कुछ कहने की हिम्मत नहीं हुई। छाती पर हाथ बाँधे ऐसे खड़े थे अनुपम के सिरहाने, जैसे अभी-अभी बिजली का करंट उनकी पूरी देह को छूकर निकल गया हो और वे सुधबुध खोकर बेजान देह लिए कुछ समझ नहीं पा रहे हों।

मैं अनुपम से मुख़ातिब हुई।

अनुपम, इतना वजन बढ़ाकर तुमने ठीक नहीं किया। दिल का दौरा नहीं पड़ता, तो और क्या होता! जब तक मेरी निगरानी में थे, मैं तुम्हारे वजन पर निगाह रखती थी। फिर तुम चले गए मुझसे मुँह मोड़कर और आज मिले हो यहाँ इस हाल में कि हम बात तक नहीं कर सकते। क्यों किया ऐसा? एक आख़िरी मुलाक़ात तो कर लेते! जाने का कारण बताते, दिल का हाल साझा कर लेते, दिलासा दे देते...पर लगता है जैसे शादी के बाद से बात हममें बहुत ही कम होने लगी! नहीं?!

भागदौड़ भरी ज़िंदगी ठहरी हमारी! हर महीने दो से तीन हफ़्ते हमदोनों दिल्ली से बाहर रहते। छोटी मुलाक़ात संभव होती भी तो बस वीकेंड पर। ग़नीमत थी कि हम हर महीने दिल्ली में कुछ दिन साथ-साथ गुज़ार पा रहे थे! इतने छोटे साथ को मैं गृहस्थी के झंझटों में उलझाना नहीं चाहती थी। खाना या तो बाहर से मँगा लेती या तुम्हें साथ लिए माँ के घर चली चलती–यानी कि मेरी माँ के घर। माँ को मेरी-तुम्हारी पसंद पता थी। झगड़ा तब होता जब माँ ने खाना सिर्फ़ तुम्हारी पसंद का पकाया होता। अपने पिता-माँ को ठुकरा चुके तुम मेरी माँ की गोद में लेट जाते और ख़ूब लाड़ जताते। माँ की पसंद का ख़ास पान बनवा लाते और कहते–'आप कुछ कम उमर की होतीं तो मैं आपकी बेटी के बदले आपसे ही शादी कर लेता! क्या मस्त खाना पकाती हैं, नफ़ासत से घर सजाती हैं...ख़ुद को मेनटेन करके रखती हैं।' तुम्हारी बात पर हमसब ठहाका लगाते। तब मैं पकड़ नहीं पाती थी कि इन चुटकियों में मेरे मोटापे और घर-गृहस्थी में मन नहीं लगाने के ताने छुपे हैं। मैं तब अपनी अलग दुनिया में मगन जो थी! आधुनिक स्वतंत्र स्त्री की जैसी ज़िंदगी की कल्पना

अरसे से मन में पलती आई थी, वह साकार हो चुकी थी। मैं और तुम दोनों एक ही विदेशी न्यूज़ एजेंसी में काम कर रहे थे। दिल्ली में होते तब हम ऑफ़िस और पार्टियों में साथ ही जाते, दारू-सिगरेट साथ-साथ पीते। तुम ज़्यादा पीने लगते या किसी भी ड्रग को ट्राई करने की हामी भरने को होते, मैं सख़्ती से मना कर देती। यहाँ तक कि कई बार इस मुद्दे पर पूरे रास्ते लड़ते हुए हम घर वापस लौटते।

मानती हूँ कि मैं तुम्हारे अटपटेपन के कारण ही तुम्हारी ओर खिंची। पहले-पहल मुझे इतना भर लगा कि तुम्हें जानना दिलचस्प रहेगा और किसी से दोस्ती या प्यार का मतलब ज़िंदगी भर का साथ होता है—ऐसी गँवार सोच मेरी कभी रही नहीं। हाँ, शादी की बात दूसरी थी। मैं उन दिनों लगभग बेरोज़गार थी, बोर होती रहती थी। थोड़ी बहुत फ्रीलांसिंग करती हुई तय करने की कोशिश कर रही थी कि जर्नलिज़्म को ही करियर बनाऊँ कि किसी और राह निकल जाऊँ। माँ नौकरी करती थीं, व्यस्त रहती थीं। पापा गुज़र चुके और छोटा भाई इतना छोटा कि दोस्त हो सकने के नाक़ाबिल। मेरी दोस्त जैसी माँ उन दिनों मेरी बीहड़ इच्छाओं, आवारगियों को मार डालने के मनसूबे नहीं पालती थीं। ऐसे में एक दिन पोनीटेल बनाए, कमर पर लुंगीनुमा स्कर्ट लपेटे, तीन इंची दाढ़ी वाले तुम मुझे अपनी ही सोसाइटी में आवाराग़र्दी करते होने के ढब पर टहलते मिले, तो मैंने 'हलो' बोल दिया। मुझे लगा कि तुम जैसे 'नमूने' से वास्ता मेरी बोरियत कुछ कम तो कर ही देगा। यह शुद्ध इत्तिफ़ाक़ था कि जिस सोसाइटी में बीस मंजिला टावर पैंतीस की संख्या में हों, वहाँ सवा दो हज़ार फ़्लैटों में से किसी दो के निवासी, इस तरह सोसाइटी के अंदर सड़क पर एक-दूसरे से सरेआम टकरा जाएँ और बाद में शादी कर लें।

याद करो अनुपम, वह पहली मुलाक़ात!

शाम का समय था। मैं तुम्हें लेकर घर आई तो माँ ऑफ़िस से वापस लौट चुकी थीं। 'यह कौन है?' तुम्हारे हुलिए पर नज़र डालते माँ ने दिलचस्पी से पूछा। मैं तुम्हें ताकती इस अपेक्षा में चुप खड़ी रही कि तुम अपना नाम ख़ुद बता दोगे। तुम्हें घर लाने से पहले तुम्हारा नाम पूछना रह जो गया था!

'नाम जानने के लिए चाय देनी पड़ेगी।' तुमने लापरवाही से कहा मानो दादागिरी दिखाते कह रहे होओ कि नाम पूछने का रुपया लगेगा।

माँ ने तुम्हारे चेहरे को ध्यान से देखकर, हँसी दबाते कहा–'मेरे यहाँ ख़ाली चाय नहीं दी जाती। चाय के साथ जो भी परोसा जाए, पूरा खाने का नियम है। मंज़ूर हो तो रुको, वरना चलते बनो।'

'मंज़ूर है।' तुम बोले। माँ पकौड़े, बिस्किट और चाय ले आईं। तुम खाने पर टूट पड़े।

'खाना कब से नहीं खाया था?' माँ ने पूछा।

'कल से।'

'क्यों?'

'अपने कमरे से निकला ही नहीं कि कहीं मुझपर हमला न हो जाए...' और फिर हमें प्रश्चवाचक निगाहों से ताकता पाकर स्पष्ट किया तुमने–'शारीरिक नहीं, शाब्दिक हमला...हुलिया बदलो; पढ़ाई कर चुके, अब नौकरी खोजो; अकेले बेटे होने की ज़िम्मेदारियाँ निबाहो।'

'ओह अच्छा!' ज़वाब सुनकर माँ और मुझे राहत मिली।

'यह लड़की बहुत संयोग से मिल गई। पेट भरने को सोसाइटी के बाहर ढाबे पर जाकर उधार करने की नौबत नहीं आई।' तुमने मेरी ओर इंगित करते कहा। तब ध्यान आया कि तुम्हें भी तो मेरा नाम मालूम नहीं है!

'तुम दिलचस्प लड़के हो। आना किसी दिन। अपनी कहानी सुना जाना। पता तो चले कि नई पीढ़ी के मन में चल क्या रहा है...' माँ बोलीं।

'कहें तो आज ही सुना दूँ...' तुमने निःसंकोच सोफ़े पर पसरते हुए कहा।

तभी अमन खेलकर घर लौटा और अपने हिस्से के पकौड़े किसी और को ठूँसते पाकर नाराज़ हो गया। पकौड़ा खाते तुम्हारे हाथ रुक गए।

'मुझे पता नहीं था भाई कि तेरे हिस्से के हैं...ले, बाक़ी बचे सारे तू खा ले। वैसे पकौड़े बनाना मुझे भी आता है। कहेगा तो रसोई में थोड़े और तल दूँगा तेरे लिए...' तुम्हारे सहजता से कहने पर अमन तुम्हारी बग़ल में जा बैठा और पकौड़े दनादन मुँह में डालता बोला–

'कोई नहीं। आप पहली बार घर आए हो, तो आज इतने से ही काम चला लूँगा। पर रोज़ तो नहीं आ जाओगे न मेरे हिस्से का नाश्ता हड़पने?'

'क्या पता, आ भी सकता हूँ।' तुम मुस्कराए।

'आपने स्कर्ट क्यों पहनी है? दाढ़ी भी मज़े की है आपकी और मैंने अंदर वाले पार्क में टहलते देखा है आपको...हो तो आप लड़के ही न?' अमन ने पूछा तो सब हँस पड़े।

...और इस तरह तुम पूरे परिवार के दोस्त हो गए। हम तुम्हें जज नहीं करते थे–न पहनावे, न श्रृंगार, न बेरोज़गारी भरे भविष्य के सपनों पर।

'बाप की सुनेगा नहीं और ख़ुद कमाएगा भी नहीं, तो तू खाएगा क्या?' माँ ने एक दिन तुमसे बेतकल्लुफ़ी से पूछा।

'वही तो टेढ़ी खीर है आंटी'–तुमने उसाँसे भरते कहा, 'दुनिया मुझे साँचे में ढालना चाहती है और मैं ज़िंदगी में हर साँचा तोड़कर जीना...'

'पुराने साँचे तोड़कर नए गढ़ो...कमाओ, दुनिया देखो, उड़ो नए अनुभवों के आसमान में...क्या रखा है रोज़ माँ को रुलाने और बाप से लड़ने में? बोर नहीं हो गए इतने सालों से यही करते-करते?' माँ आज अलग ही रंग में थीं।

'सच यही है कि हो गया हूँ बोर, पर कोई रास्ता नहीं दिख रहा। जिस दिन नशा करके पड़ रहता हूँ, सिर्फ़ उसी दिन ज़िंदगी मज़ेदार लगती है।'

'तुम तो बड़े ख़तरनाक लड़के हो। मेरी बेटी का पीछा छोड़ दो। किसी कमाते-खाते लड़के से ज़ल्दी ही उसकी शादी करनी है...तुम्हारे साथ भटकती दिखेगी तो शादी में मुश्किल होगी।' माँ ने मुस्कराकर कहा तब तुम चौंककर गंभीर हो गए। बोले–

'पहली बार कोई लड़की दोस्त बनी है। उसे भी छोड़ दूँ?'

'दोस्त बन गई है तो क्या ज़िंदगी बर्बाद कर दोगे उसकी?'

सुनकर तुम सोच में पड़ गए। मैं खड़ी थी वहीं और पहले हमदोनों में कभी साझा भविष्य को लेकर कोई बात हुई नहीं थी। न तुमने कुछ कहा, न मैंने सोचा या पूछा। उस पल भी मुझसे पूछ लेने की कोई ज़रूरत महसूस किए बिना, तुमने सीधे माँ से कह दिया–

'नहीं करूँगा बर्बाद...अगर आप उसे मेरी ही हो जाने दें।'

'ऐ लड़के, अपनी औक़ात में रहो' माँ ने शुरुआत भले मसखरे टोन में की थी, अब उनका स्वर कठोर हो गया–'तुम्हारे साथ घूमती है तो यह मत समझ बैठना कि ऐरे-ग़ैरे ख़ानदान की है। बहुत अच्छे परिवार की है, उतनी ग़रीब भी नहीं है–बाप-दादे की संपत्ति में जितने की वारिस है, उस हिसाब से नौकरी नहीं किए बिना भी ठीक-ठाक ज़िंदगी गुज़ार लेगी। मैं जात-वात नहीं मानती...तब भी उसे तुम जैसे निठल्ले के पल्ले तो नहीं ही बाँधूँगी।' माँ का टोन अब नितांत पेशेवर था–मानो ऑफ़िस में बदतमीज़ी पर उतारू किसी मातहत को उसकी असली जगह दिखा रही हों।

तुमने मेरी ओर देखा और ढीठ की तरह नज़रें गड़ाए देखते रहे देर तक। तब पूछा मुझसे–

'मैं निठल्ला नहीं रहूँ, बुरी आदतें और अजीब कही जाने वाली धज त्याग दूँ, तो साथ निभाओगी?'

मैं मुस्करा दी।

और तब तुमने सचमुच कुछ कर दिखाने की ठानी। मुझे मज़ा आ रहा था तुम्हें बदलने में–कपड़े चुनने से लेकर, उठना-बैठना-बोलना सिखाने में। यह बात तो मुझे ख़ास गुदगुदा रही थी कि यह सब तुम मुझे पाने की ख़ातिर कर रहे हो। माँ की पहचान से तुम्हें पहली मामूली नौकरी मिली। दूसरी अच्छी नौकरी अपने बलबूते। हम दोनों अब जर्नलिज़्म में थे, विदेशी न्यूज़ एजेंसी के लिए काम कर रहे थे और साथ ही रह रहे थे।

तुमने अपना घर छोड़ दिया, पर मज़े की बात यह कि माता-पिता को परेशान करने वाले सारे कारण, मेरे संपर्क में आने के बाद एक-एक करके स्वतः दूर होते चले गए थे। न तो तुम पोनीटेल बनाने, जानबूझकर विचित्र कपड़े पहनने, लड़कियों की तरह सजने या गहने पहनने में रुचि रखने वाले लड़के रह गए थे, न ही निठल्ले। तुम आमूलचूल बदल चुके थे–पहनावे से लेकर, ज़िंदगी के प्रति नज़रिए तक में।

तब एक दिन माँ ने कहा–'अब तो तुम सुधर गए हो, जाओ घर और माँ-बाप को बता आओ कि तुम मेरी बेटी से शादी करने वाले हो।'

'मैं उनका मुँह भी देखना नहीं चाहता। मैं अब और नसीहतें सुनना नहीं चाहता। शादी कर लूँगा तब उन्हें बताऊँगा तक नहीं।'

'यह ठीक नहीं। मैं जाकर बता आती हूँ। वैसे भी मेरी बेटी में ख़राबी क्या है? तुमसे ज़्यादा पढ़ी-लिखी, ज़्यादा अमीर, तुमसे ऊँची जाति की...हाँ, रंग थोड़ा दबा हुआ है और काया छरहरी नहीं।'

'वह जैसी भी है, मैं उससे प्यार करता हूँ।' तुम उद्धत स्वर में बोले।

तब शादी का निमंत्रण देने माँ ख़ुद गईं तुम्हारे घर और तुम्हारे पिता से कहा–

'बेटे के मिज़ाज को समझते हुए आपको उसकी शादी में शामिल होना चाहिए। मना क्यों कर रहे हैं?'

पिताजी बोले–'दरअसल हम बेटे को त्याग चुके हैं।'

'और वह कहता है कि उसने आप दोनों को त्याग दिया है...पर बच्चे के आगे झुकने में ही बड़प्पन है। आप उसे बुलाइए, बात कीजिए और समझौता कर लीजिए। आख़िर आपका इकलौता बेटा है और अब ढंग से कमाने-जीने लगा है।'

'जब आएगा माफ़ी माँगने तब देखी जाएगी।'

'माफ़ी किस बात की?'

'घर छोड़ा, बदतमीज़ी की, हमें अपमानित करता रहा हमेशा और अब हमारी मर्ज़ी के खिलाफ़ शादी के पहले से लड़की के साथ रह रहा है।'

माँ लौट आईं। तुम्हारी मित्र मंडली और हमारे तमाम रिश्तेदारों की उपस्थिति में शादी हो गई। हमारे साथ पर क़ानूनी मुहर लग गई, तो मैं निश्चिंत हुई।

शादी की शुरुआत में मैंने ख़ूब नख़रे दिखाए और तुमने सहे। मैंने तुम्हें बदल दिया था, इस कारण इतराई रहती थी। लोग तुम्हारे बदलाव पर चकित रह जाते। पहनावा ही नहीं, तुम्हारा तो बातचीत का लहज़ा, उच्चारण तक बदल चुका था। अब तुम नफ़ीस और हाई क्लास वाले थे और मैं वह बेफ़िक्र पत्नी जिसे लगता था कि मेरा अहसान नहीं भूलते तुम हमेशा मेरे ही रहोगे। पर मैं ग़लत निकली।

माँ तुम्हारा बदलना पकड़ पा रही थीं। अक्सर कहतीं–'अनुपम की निगाह अब भटकने लगी है।'–भले मैं मानती नहीं।

माँ समझातीं–'शायद वह घर का बना खाना खाना, सजी-धजी गृहस्थी में रहना पसंद करता है।' मैं परवाह नहीं करती।

औसत पत्नियों की तरह पकाने-खिलाने-साफ़-सफ़ाई के झंझट से बचे रहने की चाहत मेरी हमेशा से थी और अपने अहसानों के बदले मैं चाहती थी कि तुम मेरी आदतों के साथ अजस्ट कर लो। आख़िर तुम्हें इतना आधुनिक और ग़ैर-पारंपरिक तो होना ही चाहिए था कि आम भारतीय पतियों वाली अपेक्षा मुझसे नहीं रखो...और फिर मुझमें कोई तो बात दिखी होगी तभी तुमने मुझे अपनाया।

तब भी माँ ने समझाना नहीं छोड़ा। बोलीं–

'पति के प्यार के लिए पकाना, घर सजाना वग़ैरह किया जा सकता है...'

'मैं नहीं कर पाऊँगी।' मैंने तल्ख़ी से जवाब दे दिया।

जल्दी ही तुम्हारा बार-बार लंदन जाने का सिलसिला शुरू हो गया। तुम लंदन ट्रिप मैनेज कर लेते थे। तुम्हें अपनी बॉस को पटाना आता था। मुझे नहीं आता था अपने बॉस को पटाना। मुझे एजेंसी की इंडिया रिपॉटर के रूप में अलग-अलग जगहों पर भेज दिया जाता और हम महीनों नहीं मिल पाते।

मैं भले अनजान थी, तुम्हारे बार-बार लंदन जाने के कारणों की ख़बर शायद तुम्हारे घर तक पहुँच चुकी थी। एक दिन तुम्हारी माँ ने मुझे बुलवा भेजा। क्या बेटे से उनकी सुलह हो गई थी? उन्होंने मुझे घर बुलाकर पारंपरिक तरीक़े से मुँह-दिखाई की रस्म अदा की और लगे हाथों सलाह दे डाली कि मैं थोड़े अरसे नौकरी छोड़कर तुम्हारे साथ लंदन ही बनी रहूँ। क्या मुझे अच्छा लगेगा कि तुम अकेले रहते किसी फिरंगन से दिल लगा बैठो? नहीं, तुम्हारा किसी से भी दिल लगा बैठना मुझे गँवारा नहीं था, पर तुम्हारी माँ का प्रस्ताव मैंने हँसकर टाल दिया क्योंकि तुम्हारे प्यार में आकंठ डूबी मैं, तब तुम पर पूरा भरोसा करती थी। सुनकर तुम नाराज़ हुए–'माँ ने अचानक बुला लिया और तुम दौड़ी चली गई। आख़िर क्यों?' मैंने बात बदल दी... प्यार को बेरंग करने वाली बहस में क्यों उलझना!

माँ ने समझाया कि जब तुम अपने घरवालों की हर इच्छा का विरोध करने के लिए किसी भी हद तक जा सकते हो, तब मेरे अहसानों या अपने शादीशुदा होने का लिहाज़ तुम नहीं करोगे। आवेग में, अकस्मात, कोई भी सही-ग़लत निर्णय लेकर आसमान में अकेले उड़ जाने से परहेज क़तई नहीं करोगे। पर मैं उनकी राय से इत्तिफ़ाक़ नहीं रखती थी।

तुम महीनों भारत नहीं लौटे, फ़ोन पर बीमार कहानियाँ सुनाते मुझे बहलाने की ग़ैर मुनासिब कोशिश करते रहे, तब मैंने लंदन में सोहेल से संपर्क किया। पता चला कि तुम किसी सोफ़ी के साथ रह रहे हो। मैं चकराई। पूछा–'क्या वह ख़ूबसूरत और दुबली-पतली है? घर ख़ूब सजा-धजाकर रखती है? खाना पकाने की शौक़ीन है?' सवाल बेवकूफ़ाना थे पर जवाब बहुत संजीदगी से दिया सोहेल ने।

'नहीं, सोफ़ी न तो सुंदर कही जा सकती है, न दुबली। अनुपम ने जो नया न्यूज़ चैनल ज्वायन किया है, वह उसके मालिकों में से एक की बेटी है, साथ काम करती है। घर की सज्जा या इस बारे में कि वे कैसे रहते, पकाते-खाते हैं–मुझे नहीं मालूम।'

मैंने अपने ऑफ़िस से पता किया–हाँ, तुम इस्तीफ़ा दे चुके थे।

तलाक़ की बात तो तुम्हारी तरफ़ से उठनी ही थी–उठी। माँ ने मुझसे कहा कि अनुपम का व्यक्तित्व तुम्हारे संपर्क से निखर गया, अब सोफ़ी के संपर्क से वह करियर में नई ऊँचाइयाँ छूने की चाहत रखने लगा होगा। रोकने का कोई फ़ायदा नहीं; तलाक़ दे दो, ज़िंदगी में आगे बढ़ जाओ।

'मैं क्या यूज़ ऐंड थ्रो मटीरियल हूँ माँ?' मैंने पूछा। माँ ने जवाब नहीं दिया।

मैं लिव-इन नहीं चाहती थी, इसीलिए शादी तुम्हें करनी पड़ी थी। पता चला कि सोफ़ी शादी करना नहीं चाहती थी, तुम्हारी ज़बर्दस्ती की वजह से उसे करनी पड़ गई। क्या अंग्रेज़ लड़की की वफ़ादारी पर तुम्हें किसी भारतीय लड़की की वफ़ादारी सरीखा भरोसा नहीं था? सोहेल ने हँसते हुए बताया कि शादी के लिए तुमने सोफ़ी के घर के ख़ूब चक्कर लगाए, सोफ़ी और उसके परिवार वालों को मनाने के लिए बहुत पापड़ बेले।

तलाक़ तो दे दिया पर मैं सिवियर डिप्रेशन में चली गई...और अब तक हूँ–चार साल बीत जाने के बावजूद। अपना घर ख़ाली करके नई सोसाइटी में, माँ के नए घर लौटते बहुत तकलीफ़ हुई। तुम इतने तेज़ निकले कि अपना काम निकालकर मुझे फेंक गए बेलिहाज़ और मैं इतनी घटिया कि तुम्हारे इरादे भाँप तक नहीं पाई? क्या सचमुच मेरा मोटापा ही कारण था या कि खाना नहीं पकाना, घर नहीं सजाना था असली कारण? सुनकर माँ हँसी और डॉक्टर भी। अगर ऐसे कारणों से शादियाँ टूटने लगें तब तो कोई भी शादी बच नहीं पाए! हर छरहरी लड़की माँ बनकर मोटी हो जा सकती है और कामकाज़ी लड़की खाना नहीं भी पका सकती है। अनुपम को भी आता है पकाना, तो वह ख़ुद पकाने की पहल क्यों नहीं करता था? पर मुझे तय नहीं था कि लोग सही कह रहे हैं। मुझे जब-तब अपराधबोध घेरकर परेशान करने लगता था।

सोफ़ी पर तो मुझे तमाम ग़ुस्सा था। और साथ ही थी ईर्ष्या। तुम दोनों से। कितने घटिया, कम मनुष्य निकले तुम दोनों! किसी और के हिस्से का सुख भोगते कोई अपराध भाव नहीं आता सोफ़ी के मन में? और तुम्हारे मन में भी अहसानफ़रामोश होने का कोई गिल्ट नहीं? आख़िर क्यों एक औरत इस तरह किसी दूसरी औरत का घर उजाड़ देती है? मनुष्य को मनुष्यता छोड़ने का हक़ नहीं मिलना चाहिए–कभी नहीं। मन में उठते तमाम बेतरतीब सवालों, ग़ुस्से और नफ़रत से जूझती मैं दवा खाकर ख़ुद को कुछ भी नहीं सोच पाने की अवस्था में ले आती, तब ही अच्छा महसूस करती।

कुछ महीने दवा के प्रभाव में सोए रहने के बाद मैंने नौकरी बदल ली थी। उस ऑफ़िस में काम कैसे करती, जहाँ सबको पता था कि तुमने मुझे छोड़ दिया!! इतनी अच्छी नौकरी छोड़नी पड़ी, एक निहायत ही घटिया आदमी के चक्कर में...अनुपम तुम अंदर से थे उसी बनावट के या कि महत्वाकांक्षाओं ने तुम्हें...

...कमरे के एक कोने में चुपचाप खड़ी मैं वर्तमान में लौटी। कमरे में हलचल है। अर्थी उठाए जाने की तैयारी की जा चुकी।

'उठो, कपड़े झाड़ लो एक बार, बाल ठीक करो–ऐसे निकलोगे घर से बाहर?' मैंने तुमसे कहा। नहीं, सशब्द नहीं।

'मुझसे एक बार तो बात करो और कह दो कि जब तक साथ रहे, मुझे प्यार करते रहे।' मैं सिसकियाँ रोकने की कोशिश करने लगी।

पर तुमने कुछ नहीं कहा। कोई भी कुछ नहीं बोला। लगा जैसे एकाएक सब बाहर निकल गए–कैमरामैन, जर्नलिस्ट, रिश्तेदार, पड़ोसी; और पलक झपकते कमरा रुदन के समवेत स्वर के साथ ख़ाली हो गया। सब सीढ़ियों से उतरकर नीचे पहुँच चुके और अब अर्थी को गाड़ी में डाल रहे हैं–बरामदे में खड़ी होकर यह देखते ही मैंने निकल जाने की सोची।

तब लगा कि सासू माँ से मिलकर जाना चाहिए। मैं अपनी ससुराल में हूँ–मैंने ख़ुद को याद दिलाया और अंदर के कमरे में घुस गई। वे लोगों से घिरी बेसुध-सी बैठी, अनवरत रो रही थीं। मैं बिना कुछ बोले पास चली गई और उन्हें गले से लगाते फफक पड़ी, तब उन्होंने चौंककर देखा मुझे और पीठ पर थपकी देते देर तक आगोश में बाँधे रखा।

सोफ़ी को ख़बर भिजवाई गई। मैं ऐसे दुश्मन से मिलना नहीं चाहती थी, जिससे नफ़रत की आग अंदर अब तक धधक रही हो, पर वह भागती हुई आई और मुझे कसकर जकड़ लिया। बोली अंग्रेज़ी में–'तो तुम ही हो निम्मी। जो हो गया, उसपर भरोसा कर पा रही हो?' ठीक यही सवाल मैं भी उससे पूछना चाहती थी–जो हुआ उसपर भरोसा कर पा रही हो? मेरे हिस्से का सुख छीनकर भोगने की कोशिश की तुमने...पर कहाँ पहुँचा गई ज़िदंगी तुम्हें? वह तुम्हारे पास गया था, तो उसे सहेज-सँभालकर रखती न! ऐसे कैसे अड़तीस साल की उमर में हमेशा के लिए चले जाने दिया? अब वह कभी तुम्हारे पास नहीं लौटेगा–भरोसा कर पा रही हो? पर नहीं, मैंने कुछ कहा-पूछा नहीं।

मुझसे अलग होकर सोफ़ी ने अपने दोनों बच्चों को इशारे से पास बुलाया और कहा–'आंटी के पाँव छुओ।' बेटा-बेटी आज्ञाकारी भाव से मेरे पाँवों की ओर झुकने को थे कि मैंने ज़मीन पर बैठकर दोनों को ख़ुद से चिपका लिया। लंदन में जन्मे-पले, अंग्रेज़ माँ और भारतीय पिता के ये दोनों बच्चे पहली नज़र में माँ की तरह दिखते थे, तब भी मैंने खोज ही निकाली बेटी के चेहरे में छुपी पिता के चेहरे की छाप।

साढ़े तीन और ढाई साल के बच्चे। मेरे भी हो सकते थे। पर तब हमने बच्चे नहीं पैदा करने का निर्णय लिया था।

'मुझे तुम्हारे लिए हमेशा बुरा लगता रहा...अनुपम ने मेरी इच्छा के विरुद्ध तुम्हें तलाक़ दिया, ज़बरन मुझसे शादी की।' सोफ़ी ने रोते हुए कहा, तो मैं अपने अंदर कहीं अटक गई। बुरा लगता रहा, सचमुच? 'वह मेरी सुनता नहीं था। बहुत कठिन आदमी था–असंभव किस्म का ज़िद्दी। देखो, शराब ने कहाँ पहुँचा दिया उसे! अपने ही मन की करता रहा हमेशा, मुझसे झूठ बोलकर भी वहाँ जाता रहा... बोला कि प्यार के क़ाबिल बनना चाहता हूँ, कोशिश कर रहा हूँ...सुनता नहीं था, वरना मैं समझा सकती थी, बचा सकती थी...मेरे नन्हे बच्चों को देखो, समझ नहीं है इन्हें कि क्या हो चुका... '

किसके प्यार के क़ाबिल बनना था उसे? कहाँ जाता था तुमसे झूठ बोलकर? मन में उठे सवाल मुझसे पूछे नहीं गए। सोफ़ी दुखी थी, समझ नहीं पा रही थी कि उसकी बातों के सिरे जुड़ नहीं पा रहे और मैं वैसे भी उससे बात करना नहीं चाहती थी।

सासू माँ ने मुझे दुबारा अपने पास बैठने का इशारा किया। अब किस रिश्ते से देर तक यहाँ बैठूँ या अपना कोई अधिकार समझूँ? मुँह-दिखाई में मिला सोने का लॉकेट, कान का बुंदा, साड़ी, चेन, अँगूठी–इतने सामान के अलावा मुझे यहाँ से जोड़ने वाला और कोई तार नहीं! मैं उनके कहे से बैठ तो गई पर बमुश्किल दो मिनट बीतते फिर से उठ खड़ी हुई। इस बार वे कुछ नहीं बोलीं।

उनके इशारे पर मुझे नीचे तक छोड़ने को एक महिला साथ आने लगी। 'ज़रूरत नहीं है, मैं चली जाऊँगी।' मैंने कहा। उन्होंने सुनकर भी अनसुना कर दिया। हम सीढ़ियाँ उतरकर नीचे आ गए, मैं मेन गेट की ओर बढ़ने लगी, तब वे बोलीं–'सोफ़ी पागल-सी हो गई है। इसे कुछ होश नहीं कि क्या कर-कह रही है। एक तो बॉडी लेकर लंदन से अकेले यहाँ आना पड़ा...वह भी तब, जब अनुपम से तलाक़ बस होने ही वाला था, सारे कागज़ तैयार हो चुके थे। अरसे से पट नहीं रही थी दोनों में।'

वे ठिठकीं, तब फुसफुसाती-सी बोलीं–'अनुपम किसी और को डेट करने लगा, तब बच्चे पैदा कर लेने के बाद भी धोखा देने के लिए सोफ़ी उसे लगातार भला-बुरा कहती रहती थी–यह बात मुझे अनुपम की मौत से पहले ही भाभी बता चुकी थीं। सोफ़ी रुकेगी शायद श्राद्ध तक। क्या करेगी ज़्यादा रुककर? नहीं? आप तो फ़िर से आएँगी न? भाभी को अच्छा लगेगा आपका आना...'

मुझे एक बार फिर से सदमा लगा। सोफ़ी से भी धोखा और तलाक़? किसी तीसरी से डेटिंग? सचमुच अनुपम?! मैं ठक खड़ी हो गई–अपने अंदर कोई प्रतिक्रिया तलाशने, गड्डमड्ड हो रही भावनाएँ साधने को। क्या नफ़रत के पैमाने मुझे किसी ग़लत चेहरे तक पहुँचा गए थे? यह सब बाद में आराम से सोचा जा सकता था, पर क्या सोफ़ी से दुबारा मुलाक़ात हो पाएगी कभी?

मैंने पाया कि रोती हुई मैं लौटकर एक बार फ़िर से सीढ़ियाँ चढ़ने लगी हूँ और साथ खड़ी भद्र महिला मुझे चकित भाव से देख रही हैं।

नहीं, किसी से कुछ कहना-पूछना बाक़ी नहीं रह गया था। मैं तो बस सोफ़ी को एक और बार गले लगाना, दिलासा देना चाहती थी–अबकी बिना किसी नफ़रत के।

(पुरवाई, 2023)

आई.सी.यू.–रोगी नंबर तीन

शीशे का भारी दरवाज़ा ठेलकर वनिता अंदर घुसी।

एक बहुत रोशन, ख़ूबसूरत-सा हॉल था जिसमें पार्टिशन बने हुए थे। चमकता हुआ फ़र्श, छोटे-बड़े गमलों में लगे मनभावन पौधे, हर ओर साफ़-सफ़ाई! हर पार्टिशन में एक डेस्कटॉप, टेबल-कुर्सी, पानी का जग, गिलास, पौधे का छोटा गमला और डेस्कटॉप की स्क्रीन पर नज़रें गड़ाए बैठा एक अदद इनसान...पार्टिशन में मौजूद छोटे पौधों के अलावा चारों दीवारों से सटाकर रखे गए गमलों की क़तार ने पूरे हॉल में हरियाली बिखेर दी थी। कुछ लोग अपने काम की जगह बैठे, तो कुछ खड़े या फ़ाइल लेकर आते-जाते दिखे। फिर नज़र गई कि हॉल के एक किनारे पर क़तार में कमरे बने हैं–जिनके बाहरी दरवाज़े शीशे नहीं, लकड़ी के हैं।

वह रिसेप्शन डेस्क पर चली गई। बतलाया कि वह कौन है, कहाँ से और क्यों आई है।

डेस्क के उस पार बैठी सजी-धजी महिला प्यार से मुस्कराई–

'स्वागत है जी आपका। आप नाक की सीध में आगे चले जाओ और वहाँ कोने में जो लाल शर्ट पहने एक यंग लड़का बैठा है न, उसे अपने डॉक्युमेंट्स दिखा दो। वह आपको बतला देगा कि आगे क्या करना है।'

वह मुस्कराती हुई उस लाल शर्ट वाले के पास पहुँच गई। दुर्भाग्य से पाँचेक मिनटों के भीतर ही उसकी मुस्कराहट जाती रही। लाल शर्ट पहने उस युवा लड़के ने हरे रंग की एक नई फ़ाइल निकाली जिसके ऊपर वनिता का नाम लिखा था और अंदर चंद कागजात लगे थे। उसने मुँह पीछे घुमाया और वनिता की ओर इशारा करते लगभग चिल्लाकर किसी से कहा–

'आई.सी.यू. रोगी नंबर तीन को अंदर ले जाओ।'

'आई.सी.यू.? रोगी नंबर तीन? मैं बीमार थोड़े हूँ! क्या मैं बीमार लग रही हूँ? आपको ज़रूर कोई ग़लतफहमी हुई है।'–वह हड़बड़ाहट में खोखली हँसी हँसती बोली।

'आपको कैसे पता कि नहीं हैं बीमार? बीमारी क्या चेहरे से ज़ाहिर होनी ज़रूरी है?' वह उद्धत स्वर में कठोरता से बोला।

'क्या यह अस्पताल है? नहीं न?'

'आपको कैसे पता कि नहीं है अस्पताल?'

'मतलब कि–मैं तो दूसरे शहर से यहाँ आई हूँ...और फिर...'

'और फिर? और फिर क्या??' उसने भौंहें तरेरकर कहा–

'मैंने आपके सारे डॉक्युमेंट्स देख लिए हैं, तभी आपको आई.सी.यू. में भेज रहा हूँ न! मुझे कल ही आई.सी.यू. में एक और बेड लगवाने के लिए कहा गया था। अब पता चला कि वह आपके लिए था।'

'आपको कैसे पता कि मेरे लिए ही था? हो सकता है, किसी और के लिए हो? आपको ज़रूर कोई ग़लतफ़हमी हुई है। आप ठीक से पता कीजिए।' वह तर्क पर उतर आई।

'शुरू में सब ऐसे ही कहते हैं पर जो यहाँ आते हैं, होते हैं सारे के सारे बीमार ही–' वह रहस्यमय मुस्कान के साथ बोला–'आपके डॉक्युमेंट्स साफ़ बता रहे हैं कि आप एक सीरियस 'केस' हैं। अब आप मेरा समय बर्बाद मत कीजिए और बिना बहस अपनी जगह चली जाइए। अगर आपको आई.सी.यू. से बाहर आना है तो सिद्ध कीजिए कि आप बीमार नहीं हैं...आपको डॉक्टर मुहैया कराए जाएँगे–उनसे बात कीजिए। पर तब तक प्लीज़ वहीं रहिए।'

'आख़िर कौन से ऐसे डॉक्युमेंट्स देखे आपने जो मुझे 'केस' समझ लिया?'

'लगे हैं आपकी फ़ाइल में।' लड़के ने उसके सामने हरे रंग की वही नई फ़ाइल फिर से लहरा दी।

'कौन-से कागज हैं? मुझे भी तो दिखलाइए।' वह कहना चाहती थी। अब तक वह पूरी तरह भ्रमित हो चुकी थी। वह कहाँ आ गई थी आख़िर? किसी ग़लत जगह तो नहीं?

उसे कमरे में ले जाने को एक चपरासी आ चुका था। उसके साथ जाने के सिवा वनिता के पास कोई चारा नहीं था। उसका दिमाग़ सुन्न हो गया और सर चकराने लगा। लगा उसे कि किसी भी क्षण उस पर बेहोशी छा जाएगी। इतना बुरा अनुभव उसे पहले कभी नहीं हुआ था।

क्या वह शहर में नई होने की वजह से ग़लत बिल्डिंग में घुस गई थी? उसने सुबह घर से निकलकर यहाँ पहुँचने तक की रील अपने अंदर घुमाई।

घर से टैक्सी लेकर चली और बिल्डिंग का नाम पढ़कर मेन गेट के ठीक सामने उतरी। गेट से अंदर घुसी, तब ख़ुद को एक अँधेरे-से गलियारे में पाया। आज दिल्ली की हवा में तमाम उमस भरी होने के कारण अँधेरे गलियारे ने उसमें कुछ घबराहट भर दी और वह गलियारे में आगे बढ़ने से पहले कुछ पल ठिठकी खड़ी रही। जब पहुँची लिफ्ट के सामने, तब भी चौथे प्रयास में ही अंदर घुस पाने में सफल हुई। कोई लिफ्ट जैसे ही नीचे आती, भीड़ उसे धक्का देकर अंदर घुस जाती और लिफ्ट तुरंत बंद होकर ऊपर चली जाती। उसे आठवें तल्ले पर लिफ्ट से बाहर निकलकर, बाईं ओर बने हॉल में पहुँचने को कहा गया था। जब लिफ्ट में भीड़ के बीच जगह बनाती किसी तरह घुस पाई और आठवें तल्ले पर उतरकर पाया कि जगह बहुत रोशन है, तब जाकर सुकून मिला। पर अब तो ऐसा लग रहा था कि कहीं कुछ ग़लत हो गया है।

आई.सी.यू. में वह पहले भी घुस चुकी थी–भर्ती होने नहीं, किसी मरीज़ को देखने। उसकी कल्पना में आई.सी.यू. के अंदर बिस्तर के साथ लगे ऑक्सीजन सिलिंडर, ड्रिप और ख़ून की बोतलें घूमने लगीं। बंद खिड़कियों वाला एक कमरा... गंभीर बीमारी और मौत का डर। सोचने लगी कि चंद मिनटों के बाद जब उसे आई.सी.यू. में बिस्तर पर लिटा दिया जाएगा, जबरन पानी-ख़ून की बूँदें शरीर में उतारी जाने लगेंगी, तब क्या वह सचमुच बीमार नहीं हो जाएगी? हो तो यह भी सकता है कि बेहोश ही हो जाए और घर में उसकी स्थिति से अनजान सब उसे खोजते, परेशान होते फिरें। उसके बाद आई.सी.यू. का नाम सुनते ही भयभीत होकर यहाँ लपके चले आएँ।

'देखिए मेरे बच्चे मेरे बिना उदास हो जाएँगे। मुझे इस तरह बिना कारण आई.सी.यू. में दाख़िल मत कीजिए।' उसने अपने अंदर की पूरी ताक़त लगाकर उस चपरासी से लाचारगी से कहा, जो उसे तेज़ी से आई.सी.यू. की तरफ़ लिए जा रहा था।

'वहाँ आपको बहुत आराम रहेगा। आप चलकर देखिए तो सही! घबरा क्यों रही हैं!' वह बेपरवाह बोला।

'क्योंकि मैं बीमार नहीं हूँ।' उसके मुँह से यह सुनकर चपरासी मुस्कराया।

दरअसल इन कुछ मिनटों के अंदर ही वह इस क़दर घबरा गई थी कि किसी तरह भाग निकलने के तरीक़े खोजने लगी थी। उसने तय किया कि चपरासी की नज़र बचाकर उलटे पाँव दरवाज़े से बाहर निकल जाएगी, पर बदक़िस्मती से चपरासी चौकन्ना और अनुभवी था–उस पर लगातार नज़र रखे साथ ही चल रहा था। फिर

वह हॉल के एक ओर क़तार में बने कमरों में से एक के दरवाज़े पर उसके अंदर घुसने के इंतज़ार में अदब से खड़ा हो गया।

वह ठिठकी खड़ी रही। ज़ाहिर-सी बात थी कि अगर किसी को बेहोशी की हालत में आई.सी.यू. में ले जाया जाए तो वहाँ घुसते समय होने वाले अहसासों के बारे में वह बता नहीं पाएगा, परन्तु उसे तो होशोहवास में आई.सी.यू. में दाख़िल किया जा रहा था इसीलिए आई.सी.यू. के दरवाज़े पर खड़ी वह उन अहसासों से गुज़रने लगी, जिनसे होश में होते आई.सी.यू. में घुसने को मजबूर हर कोई अमूमन गुज़रता होगा–जीवन के प्रति अचानक उगी अतिरिक्त आसक्ति, कुछ दिन, बस कुछ और दिन जी पाने का तीव्रता से अंदर उमड़ता आवेग, दिल को शिद्दत से छा लेती अधूरी ख़्वाहिशें, प्रिय लोगों की ऐसी चिंता मानो एक उसके नहीं रहने भर से सभी प्रियजनों की दुनिया सूनी और असहाय हो जाएगी, नाउम्मीदी कि एक बार अंदर गए तो फिर कभी बाहर आ ही नहीं पाएँगे...कल्पना में उसने ख़ुद को लाश में तब्दील होकर उसी दरवाज़े से बाहर निकाले जाते देखा और उसकी आँखें बरबस उमड़ आईं। आशंका और उम्मीद, विरक्ति और मोह, बहुत सारे विरोधी भाव एक साथ और ईश्वर से आशीर्वाद मिलने की आशा...फिर इस अहसास से लगने वाला तगड़ा झटका कि ईश्वर से कुछ माँगना तो उसके स्वभाव में कभी रहा नहीं!!

ज़ाहिर है कि ये सारे ख़याल, ये सभी अनुभूतियाँ पल के किसी बहुत छोटे अंश में उसके अंदर से गुज़र गईं। अगर यह ऑफ़िस नहीं अस्पताल है या फिर है तो ऑफ़िस ही–पर अंदर आई.सी.यू. भी बने हुए हैं रोगियों के लिए; तो संभव है कि रिसेप्शन पर बैठी सजी-धजी महिला मुस्करा इसीलिए रही है कि बीमारों में जीने की आशा जगा सके...या फिर वह ख़ुद ज़िंदगी की निस्सारता को समझ-स्वीकार चुकी और अब मुस्करा रही है क्योंकि उसे सुख-दुख एक जैसे लगते हैं!

वह झटके से मुड़ी और कमरे के अंदर घुसने की बजाय भागकर वापस उसी रिसेप्शनिस्ट के पास पहुँच गई। चपरासी उसके पीछे भागता रहा।

'हैल्लो जी, क्या हुआ?' रिसेप्शनिस्ट मैम ने मुस्कराते हुए पूछा।

'मैम, आप बता सकती हैं कि मुझे उस आई.सी.यू. में क्यों भेजा जा रहा है?'

'अरे, वह आई.सी.यू. तो बहुत सुकून की जगह है। आप आराम से जाओ और मज़े करो। घबराओ मत। आपको कुछ नहीं होगा।'

'पर मुझे वहाँ भेज ही क्यों रहे हैं?'

'इन्हें ख़बर रहती है पहले से कि किसे कहाँ भेजना है। आप जाओ और अगर मन घबराए, बाहर मेरे पास संदेशा भेज देना।'

'अब तो चलो।'–उसका पीछा कर रहा चपरासी आजिज़ी से बोला। 'मुझे आपको पहुँचाकर और काम भी करने हैं।'

आई.सी.यू. में पहले से दो और लोग मौजूद थे। एक कहीं ध्यानमग्न, दूसरे सोफ़ा-कम-बेड पर लेटे हुए। जो ध्यानमग्न थे, उन्होंने नज़रें उठाकर उसे देखा और साथ आए चपरासी से पूछा–

'तो ये हैं? यही हैं न! किसी ग़लत को तो नहीं ले आए?' फिर उसकी ओर मुड़कर बोले–

'आप इतनी घबराई हुई क्यों लग रही हैं? आराम कीजिए और अगर ज़्यादा थकी हों तो सोफ़ा-कम-बेड पर पाँव फैलाकर सो जाइए। हमारे सामने पाँव फैलाने में संकोच हो तो एक पार्टिशन लगवा लीजिए अपनी तरफ़–आपको जैसे ठीक लगे। आप तो बहुत ख़ास हैं, इसीलिए आपके कहते ही एक और पार्टिशन आपके लिए तुरंत लगवा दिया जाएगा...और वह देखिए, कमरे के कोने में। वह जो बड़ा पार्टिशन दिख रहा है न, उसके दूसरी तरफ़ ज़्यादा बीमार हो जाने पर सँभालने की सारी व्यवस्था पहले से मौजूद है–इसीलिए घबराने वाली कोई बात तो है ही नहीं! हम सब मिलकर आपका ख़याल रखेंगे।'

वह हतप्रभ-सी उन्हें देखती रही।

'अरे, ओ सुंदर स्वामी! मैडम को पानी पिलाओ, उसके बाद इनके लिए जूस लाओ।' वे चपरासी की ओर मुड़कर बोले।

'अभी लाता हूँ।' सुंदर स्वामी ने तत्परता से कहा।

उसे मानसिक थकान सचमुच इतनी ज़्यादा हो चुकी थी कि लेटने का ही मन हो रहा था पर नई जगह में, नए लोगों के सामने–वह भी दो मध्यवय पुरुषों की उपस्थिति में–कैसे लेटती!

'फ़ील कम्फ़र्टबल। यहाँ किसी चीज़ की कमी नहीं। तबियत ख़राब लगे तो डॉक्टर को तुरंत बुलाइए। संकोच मत कीजिए। घर तो दिल्ली में इतनी दूर होते हैं कि अगर तबियत ख़राब रहते कोई यह सोचकर ऑफ़िस चला आए कि रात को घर लौटते वक्त वापसी में डॉक्टर को दिखा लेगा, तब तक इतनी देर हो चुकी होती है कि अक्सर पछताना पड़ता है।'

'यह तो सही है।'–बग़ल में लेटे दूसरे सज्जन ने आँखें खोलकर हामी भरी।

'आज इनका ब्लड प्रेशन बहुत ज़्यादा बढ़ा हुआ है।'–पहले वाले ने सोफ़े पर लेटे दूसरे की ओर इशारा किया। 'डॉक्टर आए थे सुबह–इन्हें आराम करने को कह गए। अभी आएँगे दुबारा।'

पानी और जूस पीकर उसकी घबराहट थोड़ी कम हुई और उसने ख़ुद को स्थिर करने की कोशिश की। पार्टिशन के उस पार भले गंभीर रोगी सँभालने की सारी व्यवस्था की गई हो–इस पार आई.सी.यू. जैसा कुछ नहीं था। हाँ, मेज़-कुर्सी के अलावा हर एक के लिए सोफ़ा-कम-बेड ज़रूर लगाया गया था आराम फ़रमाने के लिए!

कुछ मिनट बीतने पर सफेद ऐप्रन पहने एक डॉक्टर मुस्कराते हुए कमरे में घुसे और सोफ़े पर लेटे सज्जन का ब्लड प्रेशर नापने लगे। उसके बाद कमरे में मौजूद दूसरे सज्जन का ब्लड प्रेशर नापा। फिर वनिता की ओर मुड़े, नमस्ते की और उसका ब्लड प्रेशर भी नापने लगे।

'सब ठीक है न?' डॉक्टर ने पूछा, तो उसने हामी भर दी।

'आप शायद परेशान हैं अभी–इसीलिए थोड़ा फ्लक्चुएशन है। वैसे मुझे लगता नहीं कि आपको ब्लड प्रेशर की समस्या है। कोई और बीमारी तो नहीं?' डॉक्टर साहब ने पूछा तो उसने ज़ोर देकर कह दिया कि वह बिल्कुल ठीक है, उसे कोई बीमारी नहीं और वह समझ नहीं पा रही कि उसका ब्लड प्रेशर क्यों नापा जा रहा है। डॉक्टर मुस्कुराए–'ब्लड प्रेशर तो सबको नपवाना चाहिए बीच-बीच में। इसमें ग़लत क्या है? ब्लड शुगर और कोलेस्टरॉल की नियमित जाँच भी ज़रूरी है। आपकी जाँच भी करवा दूँगा, कल-परसों तक।'

'जी?' वह खीझकर बोली–'शुक्रिया। मुझे किसी जाँच की ज़रूरत नहीं।'

'आप जिस तरह बिना कारण खीझ रही हैं, मुझे लगता है आपको ऐंग्ज़ाइटी ट्रबल है। आप अपना ख़याल रखिए। दिल्ली में नई आई हैं?'

'जी।' उसने जवाब दिया।

'अपना बहुत ख़याल रखिए। अलग तरह का शहर है–हाई वोल्टेज वाला। अच्छे-भले लोगों को बीमार कर देता है और आप तो–लगता है–पहले से ही तनाव में हैं।'

'मैं तो इस आई.सी.यू. में भेजे जाने के नाम से...'

'इस आई.सी.यू. में क्या समस्या है आपको? यह तो ख़ास लोगों को ही मिल पाता है। आप सौभाग्यशाली हैं...और ताक़तवर तो ख़ैर होंगी ही–तभी भेजी गई हैं यहाँ।'

कुछ समझ नहीं पाने के कारण उसने चुप रहना ही बेहतर समझा।

डॉक्टर साहब ने ध्यान उसकी ओर से हटाकर बाक़ी दोनों पर केन्द्रित किया। प्रिस्क्रिप्शन निकलवाया और उसमें थोड़ा फेरबदल किया। उन्हें खाने-पीने के बारे में विस्तार से हिदायतें दीं। सुबह टहलने को कहा।

उसके बाद कमरे से निकलने के पहले मुस्कराते हुए वनिता की ओर मुँह करके बोले–

'तनाव बिल्कुल मत लीजिएगा। दिल के लिए बहुत हानिकारक होता है।'

उसने उन्हें हिकारत से देखा और दुहरा दिया–'मेरी चिंता मत कीजिए। मैं बिल्कुल ठीक हूँ।'

'वेरी गुड।'–कहकर डॉक्टर साहब हँसते हुए निकल गए।

थोड़ी देर बाद एक और ऑफ़िसर अंदर आए। ऑफ़िस इंचार्ज हैं–उसे बताया गया। कमरे में मौजूद सभी से वे बारी-बारी मिले। पुरुषों से हाथ मिलाने के बाद उसके सामने हाथ जोड़कर खड़े हो गए।

'कैसी हैं आप! कोई तक़लीफ़ तो नहीं? कोई परेशानी होते ही तुरंत बताइएगा। हम हरदम आपके लिए हाज़िर रहेंगे।'

'नहीं, कोई तक़लीफ़ नहीं।' कहकर उसने पीछा छुड़ाया।

तभी कमरे के बाहर से किसी के चिल्लाकर कहने की आवाज़ आई–'एक नंबर को यह विटामिन खिला दे।' वह उत्सुकता से भर उठी। देखा कि कोई आया और पहले सज्जन के पास जाकर खड़ा हो गया। उसके जाने पर उनका चेहरा खिला नज़र आया।

'ए, मेरा क्यों नहीं लाया?' दूसरे ने आँखें बंद किए लेटे हुए पूछा। वह आँखें फाड़े देखती-सुनती रही।

'सर, मुझे तो अरोड़ा सर ने जो दिया, ले आया।'

तभी बाहर से आवाज़ आई–

'जाकर दो नंबर को इंजेक्शन लगा आ।'

सुंदर स्वामी जो बाहर निकला ही था मुस्कराता हुआ फिर से अंदर घुसा और एक लिफ़ाफ़ा दूसरे सज्जन को दे दिया। उन्होंने उस लिफ़ाफ़े के अंदर झाँका और सुंदर को थैंक्यू कहा। वे बोले–'अब तबियत दुरुस्त हो जाएगी।'

वह उलझन में पड़ गई। उसे लगा कि शायद कोई दवा भेजी गई है और अब डॉक्टर आकर इंजेक्शन लगाएँगे।

कमरे को हर कोण से निहारते, आलमारियों के अंदर फाइलों की जगह दवाइयाँ भरे होने और पार्टिशन के उस पार आई.सी.यू. की सारी व्यवस्था होने का अंदाज़ा लगाते किसी तरह आधा दिन बीता। इस बीच डॉक्टर एक और बार आए–साढ़े बारह बजे के आसपास। ग़नीमत है कि इस बार डॉक्टर साहब ने उससे कोई बात नहीं की।

एक बजते ही वह कमरे से बाहर निकल गई और बेचैनी से हॉल में टहलने लगी। उसे अंदाज़ा था कि अब ज़रूर लंच टाइम हो गया होगा।

उस लाल शर्ट वाले ने जैसे ही उसे हॉल में चहलक़दमी करते देखा, सामने आकर खड़ा हो गया और नाराज़गी से बोला–

'जब आपको वह ख़ास आई.सी.यू. दिया गया है, तब आप जनरल वार्ड में क्यों टहल रही हैं? जब भी टहलना हो, आई.सी.यू. के अंदर ही टहलिए।'

जनरल वार्ड? उसके दिमाग़ ने जैसे ही ये दो शब्द सुने–दिमाग़ के अंदर घंटी बज गई और वह चौकन्नी होकर मुस्कराई। उसे अब खेल का अंदाज़ा होने लगा था। तभी रिसेप्शनिस्ट मैम दौड़ी चली आईं।

'क्यों परेशान कर रहा है संदीप?' वे बोलीं। 'देखते नहीं, सीधी-सादी ऑफ़िसर हैं। इतनी यंग हैं तो नौकरी भी दसेक साल की ही होगी।'

'ऑफ़िसर और सीधी-सादी और इस दिल्ली ऑफ़िस में? क्या यह संभव है मैम? हैं तो ये भी बीमार ही न!' वह नितांत उद्धतता से बोला।

'मैम, वह कमरा सचमुच आई.सी.यू. है?' उसने उस कमरे की ओर इशारा करते पूछा, जहाँ उसे जबरन भेजा गया था।

जवाब संदीप ने दिया। 'हाँ, बिल्कुल है आई.सी.यू.। और बाहर यहाँ जनरल वार्ड है–अभी बताया न आपको। आई.सी.यू. के अंदर वाले गंभीर रुप से बीमार हैं, यहाँ बाहर वाले मामूली बीमार...पर रोगी तो सारे हैं। बस इतनी सी बात है।'

'सारे रोगी हैं। जैसे कि...?'

'पहले ही दिन सब जान लोगे? आप सुबह से इस क़दर घबराए हुए क्यों हो आख़िर? बताया तो आपको कि यहाँ बाहर जनरल वार्ड के रोगी हैं–मामूली बीमार–जिनके लिए महीने भर में दस हज़ार की ऊपरी कमाई काफ़ी होती है...' अब उसका टोन बदल गया था और वह मुस्करा रहा था। उस एक वाक्य ने वनिता का सारा तनाव पल भर में हर लिया और सब समझ जाने की राहत से भरकर वह निर्द्वंद्व मुस्कराई। अजीब मसख़रा आदमी है! सुबह से जान साँसत में डाल रखी थी।

संदीप अब अपनी ही धुन में कहता जा रहा था–'ये आपकी बाईं ओर वाले के बाईस हज़ार बँधे हैं ओवर टाइम के। नहीं मिले, तो बीमार होते देर नहीं लगती। और ये जो दो सीट बाद बैठा है न, बीस हज़ार वाला है...और इसी तरह बाक़ी सारे–दो-चार आदर्शवादियों को छोड़कर, जिनके कंधों पर सारी नैतिकता किसी भी हाल में ढोते ही चले जाने की ज़िम्मेदारी है और जो दिल्ली जैसी जगह में होने वाले ख़र्चों के बावजूद समाजसुधार में यक़ीन रखते हुए बस सैलरी के भरोसे रूखी-सूखी गृहस्थी चलाते जीते हैं–पर जो आई.सी.यू. के अंदर वाले हैं न, गंभीर रोगी हैं–उनका काम दस-बीस हज़ार से नहीं चलता। कम से कम पचासेक हज़ार हर महीने चाहिए होते हैं और सैलरी के अलावा इतना कमा लेना उनके लिए चुटकी बजाने जितना आसान है।' उसने सचमुच चुटकी बजाई। 'रोज़ दो-तीन हज़ार का विटामिन उन्हें स्वस्थ रखता है–फ़र्जी मेडिकल बिल बनाकर मिले, चाहे होटेल-टैक्सी वाले से कमीशन लेकर...हम उन्हें सुना-सुनाकर चाहे जो कहें, विटामिन भिजवाएँ या इंजेक्शन–उन्हें कोई फ़र्क नहीं पड़ता। हँसकर टाल देते और नोट गिनते आराम से ज़िंदगी गुजारते हैं दोनों। मरीज नं दो यानी सिंह सर को नींद नहीं आने की बीमारी है। वे तभी सो पाते हैं जब उन्हें रोज़ाना रुपयों के इंजेक्जशन लगाए जाएँ। उनका बेटा बीमार रहता है और बेटी की शादी करने लायक दहेज के पैसे जमा हो नहीं पा रहे। वैसे तो वह बहुत अमीर आदमी हैं पर नहीं चाहते कि बेटी की शादी उनकी अमीरी कम कर दे। दहेज नहीं देने पर लोकलाज का ख़तरा अलग है। ख़ुद पर पैसों की बरसात करवा सकने की ख़ातिर उन्होंने सचमुच बीमार बेटे के साथ सचमुच स्वस्थ बेटी को भी बीमार घोषित कर रखा है। वैसे तो बेटी रोज़ आराम से कॉलेज जाती है, पर प्रिस्किप्शन के अनुसार वह चलने में असमर्थ, दिमाग़ की गंभीर बीमारी से ग्रसित लड़की है जिसे हर रोज़ डेढ़-दो हज़ार की दवाई खानी पड़ती है।

रोगी नंबर एक यानी उपाध्याय सर को कोई संतान नहीं–यह दुख उन्हें खाए जाता है। संतान होती तो बुढ़ापे में देखभाल करती। उन्हें डिप्रेशन है, ऐंग्ज़ाइटी ट्रबल भी। ब्लड प्रेशर लगातार बढ़ा पाया जाता है और साँस फूलती रहती है। वे आई.सी. यू से बाहर कहीं रहने को तैयार ही नहीं होते। पत्नी लगातार बीमार रहती हैं, इसीलिए घर जाने में कोई रुचि नहीं। वे खुलेआम कहते रहते हैं सब से कि बिस्तर पर पड़ी पत्नी उन्हें उकताती है। घर जाते ही उसे दवाइयाँ दो, नर्स से दिन भर की रिपोर्ट लो और रात की सेवा के लिए ख़ुद को तैयार करो। वे इंतज़ार करते रहते हैं कि कब

सुबह हो, नर्स दिन की ड्यूटी पर लौट आए और वे यहाँ ऑफ़िस आकर आई.सी. यू. में भर्ती हो जाएँ। लोग उनका दिल बहलाएँ, उन्हें जूस, फल, चाय को पूछते रहें और जैसे ही वे बेचैन होने लगें–रुपयों के इंजेक्शन लगा दें...दोनों की पहुँच ऊपर मंत्रालय तक है, इसीलिए सब उनका लिहाज़ करते हैं कि जाने कब किसका पत्ता दिल्ली से कटवा दें। वैसे ऑफ़िस में यह कानाफूसी भी होती रहती है कि ये दोनों ख़ुद दिल्ली बने रहने को मंत्रालय के ऑफ़िसरों की हर तरह की सेवा करते हैं–पैसे देने से लेकर लड़की पहुँचाने तक!

वनिता मैम, जनरल वार्ड वाले आई.सी.यू वालों को इज़्ज़त से देखते हैं। हसरत रखते है कि कभी वे भी आराम से आई.सी.यू. में लेटे नोटों की गड्डियाँ गिनेंगे... और एक आप हैं कि वहाँ भेज दिए जाने पर सुबह से परेशान हो रही हैं!'

वनिता अपना सवाल पूछने को अधीर हो रही थी।

'यह सब तो ठीक है संदीप जी। पर मेरी फ़ाइल में ऐसा क्या देख लिया आपने कि मुझे भी 'केस' समझ लिया?'

'मैम, आपकी फ़ाइल में तो ख़ुद मंत्री जी का आपका दिल्ली ट्रांसफ़र किए जाने का अड्वाइज़री नोट लगा है। बाप रे! मंत्रालय किस गली में, आपकी पहुँच तो सीधे मंत्री जी तक है! कई सौ लोग दिल्ली ट्रांसफ़र की ख्वाहिश लिए सालों से झूल रहे हैं...और आपने चुटकी बजाते ट्रांसफ़र करवा लिया सीधे मंत्री जी से कहवाकर! आप तो इन इंटेसिव केयर युनिट वालों के भी गुरू निकले...जाओ बैठो आई.सी. यू. में और ऐश करो। जो काम, जितने कमीशन वाला चाहोगे, मिल जाएगा...नहीं चाहोगे, बिना काम किए सैलरी मिल जाएगी..आप जैसे पहुँचे हुए के सामने बाक़ी सब की औक़ात ही क्या है...किसने सोचा होगा कि सिर्फ़ आठ साल की नौकरी वाली कोई ऑफ़िसर इस तरह...'

संदीप हाथ जोड़कर मसखरा बना मुस्कराता बोल रहा था पर वनिता का दिमाग़ सुनना बंद कर चुका था। अब वह ख़ुद पर शर्मिंदा थी–फिर से घबराहट महसूस कर रही थी और उसके सर में जोरों से चक्कर आने लगे थे। सही बात है–यहाँ सारे गंभीर रोगी हैं–उस समेत!

घबराहट कम करने की कोशिश में वनिता ऑफ़िस से बाहर निकल गई और कड़ी धूप में दिल्ली की सड़कों पर बेमतलब टहलने लगी। उसे शिद्दत से महसूस हो

रहा था कि ख़ुद उसका इलाज भी उतना ही ज़रूरी है, जितना आई.सी.यू. और जनरल वार्ड के बाक़ी रोगियों का। उस दिन ऐन दोपहर उमस भरी गर्मी में सड़क पर देर तक भूखी-प्यासी चलती रहने के कारण वह बेहोश हो गई और जब उसे होश आया, उसने ख़ुद को किसी अस्पताल में पाया। कोई डॉक्टर थे, जो उसे समझाने की पुरज़ोर कोशिश कर रहे थे कि वह भले गर्मी के कारण बेहोश हो गई, बीमार वह क़तई नहीं है–पर वनिता थी कि किसी हाल में डॉक्टर की बात मानने को तैयार ही नहीं हो रही थी।

(स्त्री दर्पण महिला कथा विशेषांक, 2022)

रूपांतरण

परमा के ऐक्सिडेंट की ख़बर मीना तक पहुँची तब वह सर से पाँव तक लाल कपड़ों में सजी, बड़ी-सी बिंदी और ढेर सारा सिंदूर माथे पर लगाए, फ़र्श पर बैठी पाँवों की उँगलियों में नेल पॉलिश लगा रही थी। परमा के ख़ुद से दूर हो जाने से उगी बेचैनी और हताशा इन दिनों वह साज-सज्जा से ढक रही थी। ऐक्सिडेंट की ख़बर सुनते ही वह दुपट्टे से सर-मुँह ढकती, हड़बड़ाती हुई उठ खड़ी हुई। नेल पॉलिश की खुली शीशी पाँव की ठोकर लगने से एक ओर लुढ़क गई और लाल रंग फ़र्श पर ख़ून की तरह फैल गया। परमा अस्पताल में है और यह पहचान का ऑटोवाला, बेटे का फ़ोन पाकर उसे वहाँ ले जाने को आकर बाहर खड़ा है–यह सुनते ही उसने फुर्ती से चप्पल पाँवों में डाली और थरथराते हाथों से घर का दरवाज़ा बंद करने लगी।

वे सब अस्पताल पहुँचे तब तक बेटा राकेश वहाँ पहुँच चुका था। परमा के ऑफ़िस से पहला फ़ोन उसे ही गया था। छुट्टी माँगने वह मालिक के पास गया तो उन्होंने यह धमकी देते हुए हामी भरी कि अगर उसकी बात झूठ निकली, तो वे ऑफ़िस से ही उसकी छुट्टी कर देंगे। राकेश ने अस्पताल आने के रास्ते में सभी रिश्तेदारों को फ़ोन कर दिया था, इसीलिए रिश्तेदारों की एक छोटी-सी टोली अस्पताल में जमा हो गई थी।

परमा ऑफ़िस में सातवें तल्ले से घुमावदार सीढियों के बीच वाली जगह से नीचे कूद गया, उसका सर बुरी तरह फट गया और डॉक्टर कह रहे हैं कि उसे बचा पाना बहुत मुश्किल है–यह सुनते ही मीना बुक्का फाड़कर रोने लगी। भाभियाँ उसे कंधे से पकड़कर अस्पताल के भीड़-भाड़ भरे बरामदे से निकाल, अहाते में लगे एक पेड़ के नीचे बिठाकर समझाने लगीं कि यह समय ख़ुद को सँभाले रखने और पति की सलामती के लिए प्रार्थना करने का है। उसके बाद वे राकेश को घेर कर खड़ी हो गईं और यह परवाह किए बग़ैर कि मीना सुन रही है, परमा की आत्महत्या की कोशिश के लिए उसे कोसने लगीं। मीना को अंदाज़ा तो था कि इन दिनों परमा

उसकी शिकायत सभी रिश्तेदारों से लगाता फिर रहा है, पर उसने कभी सोचा नहीं था कि किसी अनहोनी की स्थिति में इस तरह सब उसे ही कोसने लगेंगे। लगातार रो रही वह जितना ही अपने दिल को कड़ा करने की कोशिश करती, उसकी घबराहट उतनी ही बढ़ती जाती। साथ आए पुरुष कुछ ख़बर लेने की कोशिश में जैसे ही आई.सी.यू. वाले इलाके में घुसते, बाहर खदेड़ दिए जाते। मीना ख़ुद पति की ख़बर लेने जाना चाहती तो औरतें मिलकर उसे वापस चबूतरे पर बिठा देतीं। ऑफ़िस से कई लोग आए, पर मीना किसी को पहचानती नहीं थी। कुछ घंटों के इंतज़ार के बाद आख़िरकार डॉक्टर बाहर आए और घोषणा कर दी कि परमा नहीं रहा। आँसुओं की अनवरत धार के बीच मीना का सर सुन्न हो गया। साँवले रंग और साधारण नाक-नक्श की थी, तब भी पति ने कभी दुत्कारा नहीं। वे रहते आए थे आम पति-पत्नी की तरह। तीन बच्चों की परवरिश, छोटा-सा घर, बड़ी बेटी की बारहवीं पास होते ही शादी, छोटी बेटी का अपनी ज़िद से एम.कॉम. तक पढ़ जाना तो बेटे का अपनी मर्ज़ी से स्कूल पास होते ही पढ़ाई छोड़ देना...चल रही थी ज़िंदगी और वीर सिंह की मौत के पहले तक सब ठीक-ही था। यह तो वीरा गया तब से परमा बदलने लगा और पत्नी की ज़िंदगी नरक कर डाली। पति की मौत का दुख, ऊपर से ख़ुद पर लगाए गए इलज़ाम...परमा ने इस तरह एकदम से चले जाकर मीना के साथ बहुत बड़ा धोखा किया। लड़ाइयाँ तो पति-पत्नी में होती ही रहती हैं। क्या हर पति दूसरों को घर के अंदर की ख़बरें देता फिरता और एक दिन सातवें तल्ले से कूद जाता है नीचे? अगले दिन मीना की लाल पोशाक, सफेद पोशाक में बदल दी गई। चूड़ियाँ, बिंदी, सिंदूर, नेल पॉलिश...सब चले गए। तेरह दिनों तक यंत्रवत किया जाता क्रियाकर्म ख़त्म हुआ, रिश्तेदार विदा हुए, उसके बाद पतिविहीन घर उसे काट खाने को दौड़ने लगा। भाई ने दस हज़ार रुपये ख़र्च करके पुलिस रिपोर्ट के आधार पर डेथ सर्टिफिकेट बनवा लिया, जिसमें आत्महत्या का ज़िक्र कहीं नहीं था। पुलिस रिपोर्ट में परमा की मौत दुर्घटनावश हुई मौत बताई गई थी। छोटी बेटी निरमा बोली कि कभी-कभी पुलिस के भ्रष्ट होने का फ़ायदा आम आदमी को भी मिल जाता है।

तीन साल पहले तक परमानंद यानी परमा सामान्य ज़िंदगी जीता रहा था। पत्नी को अक्सर पीटता पर प्यार भी करता था। मार का विरोध मीना ने कभी नहीं किया–पिता-भाई-जेठ सबको पत्नी के साथ ऐसा ही सलूक करते देखा जो था! ऑफ़िस में परमा का सबसे गहरा दोस्त वीर सिंह था–दोनों साथ ही टिफिन करते

और शाम को एक ही बस में सवार होकर घर वापस लौटते। जब वीर सिंह नहीं रहा, तब उसका क्रियाकर्म ख़त्म होने के अगले दिन ऑफ़िस के लिए निकलने से पहले परमा ने टिफिन खोलकर देखा और सिर्फ़ चार पराठे पाकर पत्नी पर चिल्लाया–

'वीर सिंह के हिस्से के पराठे क्यों नहीं दिए?'

'हाँ, आएगा वीर सिंह सरग(स्वर्ग) से पराठे खाने–' मीना लापरवाही से बोली तो वह उसे मारने दौड़ा।

'तेरे को कैसे मालूम कि नहीं आएगा? कितनी बार कहा तेरे से कि मेरे वास्ते वह मरा नहीं है। बोल के गया मरते बखत–कि हरदम, हमेसा मेरे साथ ही रहेगा। साथ खाएगा, साथ चाय पिएगा और बीच-बीच में घर भी आया करेगा। हाँ, अब ज़रूरत पड़ने पर ऑफ़िस में मेरे बदले ड्यूटी नहीं कर पाएगा।'

अचकचाकर देखती मीना को तड़ातड़ थप्पड़ लगाते वह चिल्लाया–

'दो और पराठे बना जल्दी से। ऑफ़िस के लिए देर हो रही है।'

मीना हड़बड़ाती हुई रसोई में घुसी और थप्पड़ से लाल हो चुके गाल सहलाती पराठे बनाने लगी।

उस दिन के बाद टिफिन खोलकर पराठे गिने बिना परमा कभी ऑफ़िस नहीं निकला।

एक शाम ऑफ़िस से लौटकर वह मुस्कराता दिखा तो मीना ने हिम्मत करके पूछा–

'छह पराठे ज़्यादा नहीं हो जाते टिफिन में? चार से ज़्यादा तो तुम घर पर भी नहीं खाते।'

परमा उसे गहरी आँखों से देखता प्यार से बोला–

'दो पराठे तो नियम से वीर सिंह खा जाता है न! वीरे को तेरे हाथ के बने पराठे इतने पसंद हैं कि जैसे ही मैं खाने को सीढ़ियों पर बैठता हूँ, वह चुपचाप आ जाता है बग़ल में। मैं उसके दो और अपने चार पराठे अख़बार के अलग-अलग टुकड़े पर रख देता हूँ। थोड़ी सब्ज़ी और अचार का एक टुकड़ा उसे दे देता हूँ।'

'–और वह खा लेता है रोज़?' सूखे गले से मीना ने पूछा।

'हाँ, लगभग रोज़। अगर नहीं खाए तो मैं उसके नाम पर रास्ते में किसी को दे देता हूँ। अब हो सकता है न कि किसी दिन तबियत ख़राब होने के कारण वह आ नहीं पाए मेरे साथ टिफिन करने?'

'आज आया था? पराठे उसी ने खाए?'

'नहीं, आज तो शायद नहीं आया था।' परमा कुछ दुविधा से बोला। 'आज तो उसने चाय भी नहीं पी। उसके हिस्से की बीड़ी सुलगती पड़ी रही पर उसने उठाई नहीं।'

'रोज़ खाना खाने के बाद चाय-बीड़ी भी पीता है तुम्हारे साथ?' मीना ने ख़ौफ़ से पूछा।

'हाँ। मैं तो रोज़ दो कप चाय माँगता हूँ कैंटीन वाले से। एक अपने वास्ते, एक वीरे के।'

'और कैंटीन वाला दे देता है?'

'देगा कैसे नहीं? सुबह-शाम एक कप चाय सारे स्टाफ़ को मुफ़्त मिलती है। मैं तो लड़ पड़ा था पहले ही दिन, जब उसने वीरे के हिस्से की चाय देने से इनकार दिया। दो कप चाय लेकर सीढ़ियों पर चला जाता हूँ–ठीक उसी जगह; जहाँ बैठकर हम इतने सालों से साथ-साथ चाय पीते और उसके बाद बीड़ी पीकर काम पर लग जाते रहे।'

'ए जी, बीड़ी तो तुम छोड़ ही दो। बीड़ी पी-पी के ही तो वीरा मरा...छाती खतम हो गई उसकी।'

मीना से यह सुनकर परमा वहशी हँसी हँसने लगा।

'बीड़ी पी के नहीं मरा...बस से गिर पड़ने पर चकनाचूर हो गया पैर काट दिया गया, तब से अंदर पैदा हुई तमाम बीमारियों से मरा...और अब तो उसके मज़े हो गए हैं। उसकी मौत के बाद बेटे को ऑफ़िस में नौकरी मिल गई इसीलिए वह बिना ज़िम्मेदारी मस्ती करता, हवा में उड़ता रहता है। कहाँ तो पैर कटने के बाद बैसाखी लेकर चलना, बस में चढ़ पाना मुहाल था; कहाँ अब यह देखते ही कि मैं खाने को बैठ गया हूँ, उड़कर आ जाता है मेरे पास और डाक बाँटने भी साथ चल पड़ता है।'

'वह बस में तुम्हारी बग़ल में बैठ कर डाक बाँटने जाता है?' मीना सिहर गई।

'हाँ, पर दिखता सिर्फ़ मुझे है। जगह भी नहीं लेता सीट पर। मैं जहाँ कहीं भी बैठूँ, मेरी आँखों के सामने हवा में तैरता, मुझसे बातें करता चलता है।'

'ज़ोर-ज़ोर से?' मीना ने पूछा तो वह हँसने लगा।

'तुम पागल हो गई हो क्या? ज़ोर-ज़ोर से कैसे करेगा बात, जब देह जलाई जा चुकी? छाया-सा बन कर रहता है साथ। जब मैं जलती बीड़ी उसकी ओर बढ़ाता हूँ, वह कश खींचकर वापस कर देता है।'

पति से यह कथा सुनकर मीना को उस रात नींद नहीं आई। परमा उसका सब कुछ था–पति की भलाई के लिए वह कुछ भी करने को तैयार थी। अगली सुबह परमा के ऑफ़िस निकलते ही उसने भाई को फ़ोन मिलाया।

'अरे! जीजा तो पागल हो गया लगता है!!' सारी बात सुनकर भाई ने कहा तो मीना और परेशान हो गई। मिन्नतें करने लगी भाई से कि वह किसी तरह परमा को डॉक्टर के पास ले जाए।

मज़े की बात यह हुई कि निमहैन्स अस्पताल जाने को परमा को मनाना नहीं पड़ा। कहा उसने कि वह तो ख़ुद भी डॉक्टर को अपने अनुभव सुनाना चाहता है ताकि वे किसी से झूठ न बोलें कि मरे हुए से बातें नहीं की जा सकतीं। परमा डॉक्टर के पास तो चला गया, पर दवा खाना शुरु करने में उसने बहुत आनाकानी की। दवा के प्रभाव से कुछ हफ्तों के बाद उसका व्यवहार बदलने लगा।

परमा अब परम प्रसन्न रहने लगा था। पत्नी से मारपीट नहीं करता, हरदम मुस्कराता रहता और हर किसी से हँस कर बातें करता–भले मीना रात को बिस्तर पर अपने पास बुलाती तो साफ़ इनकार कर देता। कहता कि वह ऐसे ही ख़ुश है–उसे नहीं चाहिए जबरन दवा खिलाने वाली पत्नी की देह। मीना को भरोसा नहीं होता कि परमा–जो पत्नी का संग किए बिना सो ही नहीं पाता था–अब उससे दूर हो गया है। पति की ख़ुशी और ख़ुद से दूरी देख कर उसे संदेह होने लगा कि हो न हो, वह किसी दूसरी औरत के चक्कर में पड़ गया है। वह बहाने-बहाने से पूछती–आज वीरे दिखा था टिफिन करते समय? पराठे खाए उसने? आज की सब्ज़ी के बारे में क्या कहा वीरे ने? तुम्हें ऑफ़िस से आने में इतनी देर कैसे हो गई? क्या ऑफ़िस में हर रोज़ ज़रूरी मीटिंग हुआ करती है, जो बड़े साहब रोक लेते हैं?

परमा किन्तु ज़्यादा कुछ बताता नहीं। टालमटोल के अंदाज़ में कुछ भी कहकर खिसक लेता।

फिर एक शाम घर घुसते ही उसने मीना को पीटना शुरू कर दिया। उसे संदेह था कि जबरन खिलाई जा रही दवाई की वजह से ही वीरा नाराज़ होकर उससे दूर चला गया है। न उससे बातें करता है, न पास आकर बैठता, पराठे खाता या चाय-बीड़ी पीता है। यहाँ तक कि ऑफ़िस बंद हो जाने पर सबके चले जाने के बाद वह सीढ़ियों पर बैठकर वीरे को बुलाने के टोटके करता है, तब भी वह नहीं आता। ऑफ़िस के

लोग अगली सुबह सीढ़ियों पर फैले सिंदूर, जली-अधजली मोमबत्ती-रुई और कोयले या सिंदूर से बनाई गई अजीब आकृतियों के सामने चढ़ाए गए फूल, चाय-बीड़ी, जलाए गए धूने को देख कर परमा को दस तरह की बातें सुनाते हैं। उसे दो कप चाय मिलनी भी अब बंद हो गई है। एक कप चाय के साथ एक ख़ाली कप तक के लिए मिन्नतें करनी पड़ रही हैं।

अपनी ज़ोरदार कुटाई का बुरा माने बग़ैर मीना अपनी चोट सहलाती, पति की बग़ल में ही बैठी, चुपचाप उसकी बातें सुनती रही। उसे समझ नहीं आ रहा था कि वह ख़ुश हो या दुखी? मर चुके वीरे के भूत ने अगर परमा को छोड़ दिया था तो परमा ने तो जीते-जी ही अपनी पत्नी को छोड़ दिया था। जब तक वीर सिंह ज़िंदा था, तभी तक मीना का पति उसके साथ था। वीरे के मरते ही मीना की सेज सूनी हो गई।

टिफिन के छह पराठों और वीरे के हिस्से की बीड़ी ख़रीदने का सिलसिला बदस्तूर जारी रहा। परमा रात को बिस्तर पर अजीब-सी निगाहों से पत्नी को देखता और घृणा से मुँह फेर लेता। मीना घुटकर रह जाती। पति की नकार ने उसकी देह की प्यास बढ़ा दी थी। वह रात को सज-धजकर बिस्तर पर जाती, पति से मीठी बातें करती, उसे छूना चाहती पर वह बिस्तर के एक किनारे सिकुड़ा पड़ा रहता।

मीना अपनी बदरंग ज़िंदगी से बेजार हो गई। दोपहर को ख़ाली घर में गुमसुम बैठी याद करती रहती शादी से पहले मन-ही-मन बेरोज़गार सुकेस से प्यार करना, फिर शादी तय होते ही माँ का सबसे कहते फिरना कि 'मेरी सोरी (बेटी) की तो क़िस्मत खुल गई। होने वाला दामाद सरकारी ऑफ़िस में पक्की नौकरी वाला चपरासी है। पति संग राज करेगी मेरी सोरी।' शादी के दिन वह ख़ुश नहीं तो दुखी भी नहीं थी। पति एकदम काला-कलूटा, कद में उससे छोटा है, तो क्या हुआ! है तो सरकारी नौकरी वाला!!

शादी के बाद वह जल्दी ही अपनी गृहस्थी में रम गई। बीसेक सालों में गृहस्थी में आराम की हर चीज़ आ गई–टी.वी., फ्रिज, मेहमान बिठाने को अच्छी कुर्सियाँ, गर्मी में ठंढी हवा खाने को कूलर।

वह चालीस साल की होने को है। कभी-कभार बैठी-बैठी उतर जाती है अपने अंदर और सीढ़ियाँ फँलागती किसी कुएँ में तैरने लगती है–जहाँ सुकेस भी साथ होता है। कुएँ में उतरकर भी प्यास पर बुझती नहीं, बदन और प्यासा हो जाता है।

–और एक रात गाली-गलौज भरी भयानक लड़ाई के बाद उसने ग़ुस्से में पति को कमरे से निकाल दिया–

'जा, कहीं और जा के सो। जब मेरी देह तेरी ख़ातिर अछूत हो गई है, तब बिस्तर पर साथ काहे को सोता है?' वह चिल्ला रही थी।

'तू डायन है।'–परमा बोला।

'मुझे बोला डायन? ले, अब मैं डायन बनकर दिखाती हूँ तेरे को'... और पति से मार खाने वाली मीना ने उस दिन पति पर हाथ उठा दिया।

'तू डायन है, तभी वीरे को खा गई।' मार से बचने को सर दोनों हथेलियों से छुपाता परमा बोला।

मीना की आँखों से चिनगारियाँ निकलने लगीं।

शोर सुनकर बच्चे बग़ल के कमरों से निकल आए और गुत्थमगुत्था हो रहे माँ-बाप को एक-दूसरे से छुड़ाने लगे।

'मारो, इतना मारो मुझे कि मैं मर ही जाऊँ।' परमा अपने सर के बाल नोचता बच्चों से कह रहा था।

'वह मुझे रोज़ पीटती है–क्योंकि अब मैं उससे देह का संग नहीं कर पाता।' अगले दिन परमा ने ऑफ़िस में उन मैडम को बताया जिनसे वीरे के मरने के बाद कभी-कभी सुख-दुख की बातें कर लिया करता था।

'समझाओ उसे कि दिमाग़ की दवाई खाने वाले को हो सकता है ऐसा।'–मैडम ने कहा।

'इन दिनों वह कुछ सुनती-समझती नहीं, बस पीटने लगती है। जाने क्यों अब इस उमर में उसे देह के संग की इच्छा ज़ोर मारती रहती है। अब तो बेटा भी हाथ उठाने लगा है मुझ पर।' वह रुआँसे स्वर में बोला। 'साहबों और नेता जी से मिन्नतें कर-करके बेटे को प्राइवेट कंपनी में नौकरी दिलवाई पर वह काम नहीं करता इसीलिए निकाल दिया जाता है–तो इसमें मेरा क्या दोष! कल मीना मुझसे नाराज़ होकर बोली कि अगर मुझे बेटे की सचमुच परवाह होती तो उसे प्राइवेट के बदले किसी सरकारी ऑफ़िस में काम पर लगवा देता! मैंने समझाया कि पच्चीस साल पहले की बात और थी, जब नेता जी ने मुझे इस ऑफ़िस में घुसा दिया और मैं परमानेंट भी हो गया। अब तो नेता जी के कहने पर भी किसी सरकारी ऑफ़िस में काम मिलना मुश्किल है। हाँ, एक उपाय बचा है कि मैं जान दे दूँ ताकि बेटे को मेरी जगह नौकरी मिल जाए, तब वह ग़ुस्से से चीखती बोली–तो जाओ, मर जाओ। किसे परवाह है तुम्हारी?'

मैडम उसे बहुत देर तक समझाती रहीं कि पत्नी की बात वह दिल पर न ले, फिर भी परमा का चेहरा उतरा का उतरा रहा—जैसे किसी सोच में डूबा हो।

...और उसके अगले दिन जब ऑफ़िस में सब कुछ सामान्य था, दोपहर के समय नीचे ग्राउंड फ्लोर से सिक्योरिटी गार्ड भागता चला आया और हाँफता हुआ बोला—

'वो आपके ऑफ़िस में जो नाटा, काला-सा आदमी काम करता है, चपरासी है शायद—नीचे गिरा पड़ा है। लगता है जानबूझकर कूद गया नीचे। आप लोग चलो नीचे, पहचानो उसे। ऐंबुलेंस आ चुकी है। इतने ज़ोर की आवाज़ आई, आपको ख़बर तक नहीं लगी?'

कई लोग एक साथ भागे—कुछ सीढ़ियों, तो कुछ लिफ़्ट से। परमा मुँह के बल फ़र्श पर गिरा पड़ा था। ख़ून फैला था हर ओर और उसका सर बुरी तरह कुचल गया था। पुलिस तहक़ीक़ात करने ऑफ़िस में आई और सबके बयान लिए। आत्महत्या के मामले में आश्रित को नौकरी नहीं मिलती—सबको पता था, इसीलिए किसी ने अपना मुँह नहीं खोला। जिन दो लोगों ने उसे सीढ़ियों की रेलिंग से पैर नीचे लटकाते देख, चेताया-समझाया था कि वह गिर जाएगा, वे भी चुप लगा गए। सीढ़ियों पर सी.सी.टी.वी. कैमरा नहीं लगा था, इसीलिए उसके जानबूझकर कूद जाने का कोई प्रमाण नहीं मिला। ऑफ़िस में किसी से उसकी दुश्मनी नहीं थी—इसकी पुष्टि सभी अधिकारियों और स्टाफ़ ने की। तमाम संदेहों और डॉक्टर की रिपोर्ट के बावजूद पुलिस तहक़ीक़ात जारी नहीं रख पाई।

पति के नहीं रहने पर मीना की नींद ग़ायब हो गई। वह अंदर से बहुत उदास, बेचैन और डरी हुई थी—सोना और जागे रहना दोनों मुहाल! वह सोने जाती तो परमा के अपने सामने प्रकट होकर डराने लगने और जागते रहने पर उसके वीरे की तरह सामने आ जाने का ख़तरा सर के ऊपर मँडराता रहता। लड़ाई के दौरान अपना कहा उसके दिमाग़ में हरदम घूमता रहता—'तो जाओ, मर जाओ। किसे परवाह है तुम्हारी?' वह बार-बार बिस्तर से उठती, पानी पीती और बेचैनी में चहलक़दमी करती रात काटती। रात का सन्नाटा किसी भी आवाज़ से टूटे—उसे यही लगता कि परमा का भूत आया है।

दूसरे कमरे में बेटा राकेश खर्राटे मारता आराम से सोता रहता। पक्की सरकारी नौकरी मिलनी तय होते ही उसने प्राइवेट कंपनी में नौकरी छोड़ दी थी। ऑफ़िस के

लोग तो निरमा को नौकरी देना चाहते थे क्योंकि पढ़ी-लिखी होने के कारण वह ज़्यादा उपयोगी साबित होती। राकेश के ढंग से काम नहीं करने की ख़बर भी ऑफ़िस के लोगों तक पहुँच चुकी थी, किन्तु मीना यही चाहती थी कि नौकरी बेटे को ही मिले। निरमा को अनुकम्पा के आधार पर नौकरी लेने में वैसे भी कोई रुचि नहीं थी। उसे पूरा भरोसा था कि वह अपनी शिक्षा और अपनी जाति के लिए लागू रेजवेशन के बूते किसी अच्छी कंपनी में नौकरी पा जाएगी।

निरमा अपनी माँ के साथ ही सोती और रातभर टोह लेती रहती कि आँखें बंद करके लेटी हुई माँ थोड़ी देर भी सो पाई या नहीं! मीना को ढंग से सोए बिना कई महीने बीत गए और तबियत लगातार बिगड़ती चली गई, तब निरमा जबरन उसे डॉक्टर के पास ले गई। दवा के साथ मीना कुछ घंटों के लिए सो जाने लगी पर इस अपराध-बोध से तब भी निकल नहीं पाई कि परमा ने उसकी बातों से चोट खाकर ही जान दी। जब-जब भाभियाँ और जिठानी आतीं—उस अपराध-बोध को अपनी बातों से और पक्का कर जातीं। कभी-कभी उसे दौरा पड़ जाता और वह अपना सर दीवार पर पटक-पटककर ख़ुद को लहुलूहान कर लेती। उसकी इन हरकतों के मद्‌देनज़र मामा को फ़ोन करके निरमा ने उसे दिमाग़ के डॉक्टर से भी दिखलवा दिया।

मीना स्वस्थ होने लगी, तब भी निरमा को चैन नहीं था। मामियों, चाची और चाचाओं-मामाओं की बातों से उसका दिल जलता रहता था। उसे हर उस व्यक्ति से शिकायत थी, जो माँ को पिता की मौत का दोषी मानता था और नसीहतें देता थकता नहीं था। अगर ख़ुद बीमार न होते तो माँ को अक्सर पीटने वाले, उसे हमेशा नीचा दिखाने वाले पापा, माँ के एक वाक्य को इस तरह दिल पर ले लेते? और क्या पता, राकेश भइया को पक्की नौकरी दिलवाने का और कोई रास्ता नहीं सूझा उन्हें, इसीलिए यह कदम जानते-बूझते उठा लिया!

अब पापा नहीं रहे तो सब माँ की छाती पर चढ़ आए हैं पर जब पापा बिना अपराध माँ को पीटते थे, तब कहाँ थे सब? मामियाँ-चाचियाँ तो कहती हैं कि जब वे ख़ुद पिटने के बाद कभी पति को नहीं सरापतीं, तो माँ ने ऐसा क्यों किया! और पति पर हाथ उठाना? कोई सोच भी कैसे सकता है! पापा की आत्मा की शांति के लिए अब माँ को अच्छा खाना-पहनना-सँवरना एकदम त्याग कर हर माह तिथि के अनुसार व्रत रखना, पंडित को दान देना और पूजा-पाठ में लगे रहना चाहिए ताकि प्रायश्चित हो सके। मामियाँ और चाची तो निरमा को वैसे भी बचपन से नापसंद

रहीं। जब वह एकदम काले रंग की पैदा हुई, तो उसका नाम इन मामियों ने ही यह कहते निरमा सुझाया था कि साबुन वाला नाम रखने पर कम से कम साफ़-सफ़ाई से रहना तो सीख जाएगी।

अब अगर उसका बस चले तो माँ को ठीक वही-वही करने को कहे, जो करने से मामियाँ और चाची मना कर रही हैं–ताकि मामियों और चाची को अपनी औक़ात पता चल जाए।

बहुत सोच-विचार के बाद एक दिन उसने कुछ हिचक के साथ माँ से बात निकाली। समझाया उसे प्यार से कि जो होना था, हो चुका और अब वह ख़ुद पर ध्यान दे। सालों-साल पति से पिटते रहने के बाद अगर एक दिन पत्नी को भी ग़ुस्सा आ गया, और उसने पति पर हाथ उठा ही दिया तो आश्चर्य कैसा! हमेशा प्यार करती रही पर एक दिन ग़ुस्से में कह दिया कि जाओ भाड़ में, मरो–तो हैरानी कैसी! क्या इस कारण ख़ुद को ज़िंदगी भर सज़ा देते रहना उचित है? क्या उसे लगता है कि भइया जो अभी ही माँ पर कोई ध्यान नहीं देता, भविष्य में लगातार बीमार रहने पर उसकी सेवा करेगा? और वह ख़ुद कब तक घर पर बैठी रहेगी–क्या पापा की इच्छा पूरी करने को नौकरी नहीं ढूँढेगी? दिल्ली से बाहर कहीं नौकरी मिली, तो चली नहीं जाएगी? मीना चुपचाप सुनती रही। बेटी की बातें उसके दिल पर मलहम लगा रही थीं। थोड़ी देर बाद निरमा ने उसे ले जाकर बिठा दिया टूटे आईने के सामने कि वह देख ले कि इन दिनों उसने ख़ुद का क्या हाल बना रखा है! मीना ख़ुद को देखकर चौंक गई और अपने बाल कंघी करवाने को राज़ी हो गई। उस दिन बेटी की ज़िद से नहा-धोकर उसने साफ़ कपड़े पहने, तो बेटी ने जबरन चेहरे पर क्रीम भी लगा दी। एम.कॉम. पास छोटी बेटी उसका गर्व है और उसे अपनी लाड़ली पर पूरा भरोसा है कि वह जो कहेगी, सही कहेगी; जो करेगी, सही करेगी–ऐसे ही अपने बैंक की पासबुक, ए.टी.एम. कार्ड और ऑफ़िस के सारे कागजात उसे नहीं दे रखे हैं! बेटे के हाथ ए.टी.एम. कार्ड पड़ जाता तो अभी तक सारे पैसे ग़ायब ही हो चुके होते! परमा के गुज़रने के बाद जब उसे ऑफ़िस बुलाया गया, तब डरी-सहमी वह छोटी बेटी को साथ लेकर ही गई थी। बड़े साहब ने समझाया कि तीस-पैंतीस लाख रुपये मिलेंगे, ख़ुद मीना या उसके बदले किसी एक बच्चे को नौकरी भी मिल जाएगी, बस समय पर सही ढंग से आवेदन देते रहना होगा। निरमा ने तब उसका बैंक अकाउंट खुलवाया, जाने कितने तरह के ऐफ़डेविट बनवाए और उसकी ओर से आवेदन

लिखती रही। उसके बाद अकाउंट में परमा की आख़िरी सैलरी के लगभग चालीस हज़ार रुपये आ गए तो वह चकित रह गई। ऑफ़िस में चपरासी परमा क्या इतना कमाता था? बेटी ने ए.टी.एम. कार्ड से निकालकर दस हज़ार रुपये हाथों में धर दिए तो वह इस अहसास से संकोच में पड़ गई कि अब ये रुपये उसके हैं–वह जैसे चाहे ख़र्चे, जिसे चाहे दे दे। पेंशन मिलनी शुरु हो गई और राकेश को नौकरी मिल गई, उसके बाद तो उसे वैसे भी पैसों की कमी नहीं रही।

थोड़े अरसे बाद निरमा ने माँ से कहा कि घर का बड़ा आईना टूट चुका है, इसीलिए एक ड्रेसिंग टेबल ख़रीदना ज़रूरी है। मीना इनकार नहीं कर पाई। निरमा ने कहा कि खाना उसे अच्छी तरह खाना चाहिए, ताकि वह बीमार होकर बेटे को परेशान नहीं करे–तो मीना को सहमति में सर हिलाना पड़ा। उसके बाद बेटी ने समझाया कि जब ऑफ़िस ने इतने सारे रुपये दिए हैं, राकेश को नौकरी दी है और पेंशन भी आने लगी है तो कपड़े मीना को अच्छे पहनने चाहिए ताकि किसी को यह न लगे कि दोनों बच्चे माँ की पेंशन छीन ले रहे हैं और उसे खाने-पहनने को मोहताज कर रखा है। मीना बेटी की हर बात चुपचाप मानती रही।

इस तरह मीना और घर का माहौल–दोनों धीरे-धीरे बदलने लगे।

ड्रेसिंग टेबल आ जाने के बाद मीना आईने के सामने स्टूल पर बैठकर अपने बाल अब ख़ुद सँवारने लगी है। चेहरे पर लगाने को महँगी क्रीम बेटी लाई और गाहे-बगाहे माँ को जबरन लगा देने लगी। कहती है निरमा कि इस नई क्रीम ने ख़ुद उसका और माँ का साँवलापन बहुत कम करके चेहरे को निखार दिया है। बाल बाँधने के बाद मीना के हाथ अनायास बिंदी के पत्ते की ओर बढ़े और एक छोटी-सी बिंदी ललाट पर भौंहों के बीच चिपक गई। परमा को गए साल गुज़र चुका। देह-सुख की चाहत अब नहीं सताती। मीना को साफ़ तौर पर लगने लगा है कि अब वह पहले वाली मीना नहीं रह गई है। गाल थोड़े पिचक गए हैं पर चेहरा युवतर, सुंदर-सा दिखने लगा है। वह छरहरी हो गई है और उसके रंग-ढंग इतने बदल गए हैं कि उसे देखकर कोई अनुमान नहीं लगा सकता कि वह सिर्फ़ चौथी कक्षा पास है। पति की मौत के बाद मिले रुपयों में से कुछ लाख उसने बैंक में अपने नाम अलग से रख लिए हैं–भाई की सलाह पर। बाक़ी तो बेटी की शादी और अन्य ज़िम्मेदारियाँ निभाने के काम आएँगे। कुछ रुपये बेटी ने ज़िद करके निकलवाए और दोनों हाथों में पहनने के लिए सोने

की चार पतली चूड़ियाँ ख़रीदवाईं क्योंकि सूनी कलाई आँखों को खटकती रहती थी। फीके आसमानी रंग की बढ़िया-सी सिल्क की वह साड़ी–जो अरसे से दुकान में टँगी देखती, ख़रीद देने को परमा से मनुहार करती रही थी–निरमा ले आई है। राकेश की नौकरी के सिलसिले में पूरे परिवार की पेशी हेड ऑफ़िस मुंबई में हुई तो सब ज़िंदगी में पहली बार ट्रेन में बैठे। बेटी ने तय किया है कि नौकरी मिलते ही अपने पैसों से टिकट ख़रीदकर माँ को हवाई यात्रा भी करवाएगी–पर मीना का कहना है कि टिकट तो वह ख़ुद अपने पैसों से भी ख़रीद सकती है!

बेटी के समझाने के बाद अब वह किसी रिश्तेदार से ज़्यादा बात नहीं करती, न बीत चुके के बारे में दिनभर सोचती है। उसे पति की परवाह थी और पति से प्यार भी–पिटते रहने के बावजूद। वह हमेशा परमा का भला चाहती थी और विधवा होकर जीना तो पक्के तौर पर नहीं चाहती थी।

दरवाज़े की घंटी बजी तो वह आईने के सामने से उठ खड़ी हुई।

भाभियाँ आई हुई थीं, साथ में जिठानी। वे सब एक ही मुहल्ले में अगल-बग़ल रहती हैं न!

मीना के क़रीने से झड़े बाल, चेहरे पर क्रीम, बिंदी, हल्के रंग की नफासत वाली सिल्क की साड़ी और कलाइयों में सोने की चूड़ियाँ देखकर भाभियाँ और जिठानी हतप्रभ रह गईं।

'तुम कहीं जा रही थी?' जिठानी ने पूछा।

'हाँ, बाज़ार तक जा रही थी।'

'इतनी तैयार होकर?' जिठानी पूछती-पूछती रह गई।

अचानक पसरी चुप्पी से मीना समझ गई कि उसकी धज देखकर सब हैरत में हैं और कुछ बोल नहीं पा रहीं। आज तो उनकी आँखों में मीना के लिए ईर्ष्या साफ़ पढ़ी जा रही है। उसे बेटी की बात याद थी कि मामियों, चाची या किसी को भी अव्वल तो कुछ बोलने का मौक़ा नहीं देना और अगर ख़ुद पर ग़लत दोषारोपण किया जाए तो चुप एकदम नहीं रहना। मीना को लगने लगा है कि बेटी ठीक ही कहती है कि उनमें से कोई पढ़ी-लिखी तो हैं नहीं, कि लोगों के कहे से अलग कुछ सोचने की औक़ात रखें। दुनिया ने कह दिया कि मीना दोषी है, तो वे उसे दुहराती जा रही हैं। दुनिया कहती है कि पति के नहीं रहने पर सादगी से रहना, रुखा-सूखा खाना और बेटे की हर बात मानते, हर वक्त रोते-कलपते जीना चाहिए तो गाती रहती हैं वही सब हमेशा!

मीना चुपचाप सर झुकाए बैठी रही–ख़ुद को सलाहों, नसीहतों की बौछार के लिए तैयार करती! तभी घर के अंदर से निरमा निकल आई। सज-धजकर वह भी निखरी-निखरी लग रही थी। उसकी ओर देखकर मामियाँ और चाची फिर से अचंभित हुईं।

इनके हाथ तो अब कारू का खजाना लग गया है और सर पर टोकाटाकी करने वाला कोई पुरुष भी नहीं–तो क्यों न सजें-सँवरें, मौज करें! जिठानी ने–जिसे इस बात की पूरी जानकारी थी कि मीना को कब-कितने लाख रुपये मिले–मन में सोचा।

'क्या तुम बैंक का कामकाज ख़ुद करना सीख गई?' भाभी ने पूछा तो मीना ने हाँ में सर हिला दिया।

'पेंशन तुम्हारे अकाउंट में लगातार आ रही है न? पहले मिले सारे रुपये अलग-अलग बचत स्कीम में लगा दिए न?'

मीना ने फिर से हामी भर दी।

'रुपये हाथ में हों तो सलीक़ा आ ही जाता है। अब तुम हमारी तरह थोड़े हो कि ख़र्चा करने को एक-एक रुपया पति से माँगना पड़े। देह पर मार-पिटाई के निसान लिए साज-सिंगार करो और कपड़े-लत्ते से लेकर सबकुछ के लिए पति के आसरे रहो–जितना दे, उसी में किसी तरह पूरा करो; जैसे रखे, रहो। तुम भी तो कितना मन मारकर जीती रही हमारी ही तरह...पर चलो ऊपरवाले ने तुम्हें अच्छे दिन दिखा दिए आख़िर...तुम्हारी किस्मत में पैसा था। परमा इस तरह चला गया, पर तुम्हें मालामाल बना गया, बेटे को पक्की नौकरी दिला गया।'

कहने को तो कह दिया भाभी ने पर अपने कहे पर चौंक कर तुरंत पछतावे में सर झुका लिया। मीना उनके बदले स्वर पर चकित रह गई। क्या भाभी के मन में भी मेरी तरह ही मालामाल होने और बेटे को पक्की नौकरी दिलाने की ख्वाहिश जाग उठी है? क्या वे चाहती हैं कि परमा की तरह सरकारी नौकरी कर रहे भइया भी...? मीना यह सोचकर सिहर उठी।

निरमा ने बातों का रुख़ मोड़ने को पूछा–'चाय बनाऊँ मामी?'

'ना निरमा, चाय की दरकार नहीं। तुम माँ-बेटी को बजार भी तो जाना है।' जिठानी बोली।

मीना ने भाभियों और जिठानी को गौर से देखा। गहरे रंग के सस्ते कपड़े, मेटल और काँच की चूड़ियाँ, चेहरे पर सस्ती क्रीम, गहरी लिपस्टिक, प्लास्टिक की

बिंदी–ऐसी साज-सज्जा में साफ़ रंग की होने के बावजूद वे सब कितनी अजीब-सी लग रही थीं! पहले–यानी परमा के ज़िंदा होते–क्या वह ख़ुद भी ऐसी ही लगती थी?

पति पर आश्रित और पति जैसे रखे वैसे ही बिना शिकायत चुपचाप जीती चली जाती पत्नियाँ आख़िर ऐसी ही तो होती हैं!! मेरा पैसा, सुरक्षित भविष्य और सलीक़े की ज़िंदगी इन्हें यूँ ही नहीं चुभ रही...

उखड़े मन से कुछ मिनटों की बातचीत के बाद वे सब उठ खड़ी हुईं। मामियों और चाची को उतरे चेहरे लिए घर से निकलते देख निरमा संतोष से मुस्कराई। उनकी आँखों में माँ के लिए झाँकती ईर्ष्या ने उसके कलेजे में सालों से भभक रही आग लगभग बुझा दी थी।

मीना को निरमा की अतिरिक्त ख़ुशी ने उलझन में डाल दिया। बेटी की हर बात मानकर कहीं वह ग़लत तो नहीं कर रही? फिर उसने अपने अंदर टटोला तो पाया कि उसके अंदर बहुत शांति और संतुष्टि है। विधवा होने का दुख तो लगभग जाता ही रहा है–अब ऐसे में बेटी को ग़लत कैसे ठहराए?!

'चल निरमा, बाज़ार चलें।' वह मीठी मुस्कान समेत बोली, तो निरमा भी मुस्करा दी।

(पाखी, 2022)

क़िस्सों का क़िस्सा

क़िस्सों की भरमार भले महतो जी के पास थी, आज मैंने उन्हें एक क़िस्सा सुनाने की ठानी।

रोज़ मैं गेस्ट हाउस के डाइनिंग रूम में जैसे ही खाने को बैठती, वे मेरे लिए प्लेट लगाकर पास की कुर्सी पर बैठ जाते और किसी न किसी बहाने कोई क़िस्सा शुरू कर देते।

गेस्ट हाउस के केयर टेकर महतो जी मुझे पसंद भले नहीं, कोई तो बात है उनमें कि वे क़िस्से सुनाना शुरू करते हैं तो सुनने से ख़ुद को रोक नहीं पाती। उनकी बातों से हमेशा सहमत नहीं होती, कई बार कुढ़ भी जाती हूँ कि कहाँ की बात कहाँ ले जाकर ख़त्म करते हैं ये! बात-बात पर अपनी और अपने पुराने बॉस आर.बी. की बड़ाई करते कहने लगेंगे–'बॉस हो तो आर.बी. सर जैसा!' बल्कि मौक़ा निकाल-निकालकर अपने आर.बी. सर का गुणगान करते रहेंगे। किसी राजनीतिक घटना तक में उन्हें घसीट कर उनकी बड़ाई किए बिना मानेंगे नहीं! परिस्थिति कैसी भी आ जाए, आर.बी. बिना घबराए उसे डील कर सकते हैं। क़ाबिल इतने हैं कि सी.बी.आई. या विजलंस से डरने का तो सवाल ही पैदा नहीं होता। जाने कितनी बार वे सी.बी.आई.-विजलंस से निबट चुके और कंपनी के नाम पर धब्बा लगने से बचाया। महतो जी का कहना है कि आर.बी. उन ऑफ़िसरों में हैं जो ख़ुद तो ख़ुश रहते ही हैं, अपने सीनियर-जूनियर को ख़ुश रखना भी जानते भी हैं। अपने व्यवहार से सबको अपना भक्त बना लेते हैं। मिनिस्ट्री से फ़ाइल निकलवानी है? आर.बी. को बुलाओ। फ़र्नीचर ख़रीदना है? आर.बी. से कहो। यूनियन लीडर उत्पात मचा रहे हैं? आर.बी. के पास भेज दो न!

वैसे ऑफ़िसरों के सी.बी.आई.-विजलंस के जाल में फँस जाने के तमाम क़िस्से मुझे भी मालूम थे। इन क़िस्सों से सबक सभी लेते थे–अतिरिक्त कमाई के तरीक़ों की समझ पैदा कर लेने से लेकर ईमानदार बने रहने, ईमानदार ही दिखने के

गुर सीख लेने तक! मैंने महतो जी को कई बार छेड़ा था कि आर.बी. सर के सी.बी. आई. और विजलंस से डील करने के क़िस्सों की भीतरी कहानी बताएँ कि मामला था क्या आख़िर, पर वे टाल जाते थे। एक दिन जब वे मुझे अपने रिटायरमेंट के बाद की ज़िंदगी के बारे में सोचने के लिए उकसा रहे थे, मैंने रस लेते हुए पूछ ही लिया–

'क्या आर.बी. सर ने रिटायरमेंट के बाद का सब इंतज़ाम कर लिया है?'

'अब उनकी तो वे ही जानें।' कहते महतो जी ने पीछा छुड़ा लिया तो मैं आर.बी. सर के असली चरित्र के बारे में क़यास लगाने से चूक गई।

कोशिश मैं अक्सर करती, पर याद कर नहीं पाती कि ये आर.बी. हैं कौन? महतो जी तो जब-तब मुझे शिक्षा देने लगते कि मुझे हमेशा याद रखना चाहिए कि मेरी दो बेटियाँ हैं, जिनकी ज़िम्मेदारी निभानी है। फिर कुछ मिनटों के अंदर ही उनका टोन बदल जाता और वे कहने लगते कि भले कंपनी में मेरी उमर तीस पार कर रही है यानी कि काम करते तीस साल गुज़र चुके और रिटायरमेंट पास आता जा रहा है, मैं कंपनी की नब्ज़ पकड़ नहीं पाई। आर.बी. सर की बात ही और है। वे तो अपनी तरह के अकेले ऑफ़िसर हैं।

मुझे तीस साल ईमानदारी से काम करते होने का कोई ग़म नहीं। ग़लत काम नहीं करना मेरा चुनाव और चरित्र है। इसी कारण मेरे बैंक अकाउंट उतने नहीं भरे, जितने मेरे बराबर पद वाले 'समझदार' पुरुष ऑफ़िसरों के। सी.बी.आई. और विजलंस से निबटने का कोई तजुर्बा भी मुझे नहीं है पर मुझे तो गर्व है कि ऐसी नौबत कभी आई ही नहीं!!

कभी-कभी मुझे लगने लगता है कि महतो जी मुझे आर.बी. की हमराह नहीं होने के कारण ऑफ़िसर नहीं समझते और नीचा दिखाना चाहते हैं। यह भी जताना चाहते हैं कि पूरी कंपनी में बस दो लोग ही क़ाबिल हैं–एक वह ख़ुद और दूसरे उनके बॉस आर.बी.। अपने बॉस आर.बी. की क़ाबिलियत और ईमानदारी के क़िस्से सुनाते उनका सुर आध्यात्मिक हो जाता और वह हाथ जोड़कर ऊपर देखते हुए बोलते–

'सब ऊपर वाले की कृपा है। वही है जो आपको ताक़त देता है वरना आदमी की क्या औक़ात!'

उनकी बातों से मुझे थोड़ी आंतरिक संतुष्टि तो मिल ही जाती कि कंपनी में कोई तो है जो अपने बॉस को भूला नहीं है और मैं सोचने लगती कि मुझे मेरे कौन-कौन सहयोगी याद करते होंगे!

वैसे संदेह तो कई बार होता कि क़िस्से वे गढ़कर सुना रहे हैं, पर जब दूसरों से पुष्टि करने पर पता चलता कि ऐसी कोई घटना हुई तो थी, भले उसके सारे ब्यौरे किसी को मालूम नहीं, तब चुप लगा जाती। कई बार वे देश में सब के जाने हुए क़िस्सों की भीतरी परतें खोलती घटनाएँ भी सुनाते–मसलन अशोक चक्र प्राप्त उन आई.पी.एस. ऑफ़िसर के बारे में जो बिना बॉडी गार्ड लिए बैंक डकैतों का सामना करने निकल गए और शहीद हो गए।

अब कौन मानेगा कि ऐसा इसीलिए हुआ कि उसी सुबह उनकी पत्नी अपनी ड्यूटी पर पहुँचने को बग़ल के शहर के लिए कार से निकलीं और उन आई.पी.एस. ऑफ़िसर साहब के आदेश से ही उनके बॉडी गार्ड उनकी पत्नी के साथ हो लिए। महतो जी का कहना था कि यह तो हर हफ़्ते का नियम था। उनकी पत्नी शुक्रवार की रात या शनिवार की सुबह आतीं और सोमवार की सुबह वापस चली जातीं। जब रवाना होतीं तो पति के बॉडी गार्ड उनके साथ होते। फिर वे तीन घंटे में अपने गंतव्य पहुँच जातीं और सभी गार्ड वापस साहब के साथ ड्यूटी पर लग जाते। इसी कारण लगभग हर सोमवार की सुबह बॉडी गार्ड उन जाबांज़ ऑफ़िसर के साथ उपस्थित नहीं हो पाते थे। उस दिन भी यही हुआ। छुट्टी मनाने के बाद उनकी पत्नी काम पर वापस लौट रही थीं कि बैंक में...'

तत्काल उसी समय गूगल बाबा की मदद से जानकारी लेते मैंने उन्हें टोक दिया–

'महतो जी, वह सोमवार नहीं, बृहस्पतिवार का दिन था।'

टोक दिए जाकर वे क्षण भर को ठिठककर चुप्पी लगा गए, तो मैंने आगे कहा–'वैसे भी वे तो बहुत बहादुर ऑफ़िसरों में गिने जाते थे। निकलने से पहले बॉडी गार्ड के अपने घर या बैंक पहुँचने का इंतज़ार करते, यही अविश्वसनीय लगता। उनकी बहादुरी के क़िस्से तो बहुतेरे हैं।'

'अरे रहा होगा बृहस्पतिवार! आई होंगी पत्नी यहाँ क्रिसमस छुट्टी मनाने और लौट रही होंगी। उससे कहानी में क्या फ़र्क़ पड़ता है!' महतो जी ने कहानी की लय दुबारा पकड़ते आगे बताया–

'सवाल यह है कि उनके बॉडी गार्ड कहाँ थे? बताइए न तब आप ही! बैंक डकैतों का सामना करने को उन्हें तो हर हाल में साहब के साथ रहना ही चाहिए था न? जहाँ भी हों, ख़बर सुनते ही मोटरसाइकल पर दौड़े चले आना था न साहब की रक्षा में बिना किसी आदेश का इंतज़ार किए...यही स्वाभाविक था कि नहीं? तब आख़िर कहाँ थे वे, क्यों नहीं आए?'

मुझे मालूम नहीं था। इस बारे में गूगल बाबा ने चुप्पी साध रखी थी। मैं खिसियाकर बोली–

'साहब किसी अपराधी से डरते नहीं थे–डकैत हों कि आतंकवादी...और बैंक में भी पंजाब के आतंकवादी ही तो थे! यह बॉडी गार्डों के पत्नी को छोड़ने जाने वाली कहानी विश्वसनीय नहीं लगती। वे नियम-क़ानून के पक्के थे। जानते थे कि बॉडी गार्ड उनके लिए हैं, पत्नी के लिए नहीं!'

'अब नहीं मानना है तो मत मानिए। मैंने आर.बी. सर को भी यह कहानी सुनाई थी, उन्होंने तो तुरंत मान लिया। साथ ही कहा कि यह जानकारी भले मुझे है, मुझे सबको बताना नहीं चाहिए, राजनीति हो सकती है इन बातों पर और एक आप हैं कि...दुनिया की समझ सही हो, तभी आदमी अच्छा ऑफ़िसर बन सकता है। अब जो सच है, वही रहेगा। वे बहुत बहादुर थे, ईमानदार थे–यह बात पूरा शहर मानता है, दुनिया जानती है...पर उस सुबह की असली कहानी तो यही है। अंदर की बात दुनिया क्या जाने! अगर बॉडी गार्ड शहर में होते और ख़बर मिलते ही अपने साहब के पास दौड़ नहीं पड़ते तो नौकरी बचती उनकी? बॉडी गार्ड का मतलब ही है छाया की तरह साहब की हिफ़ाज़त में रहना। ऐसा नहीं होता तो उनकी लापरवाही का मुद्दा उनका परिवार उठाता नहीं? पर क्या उनकी पत्नी ने यह मुद्दा उठाया? हुआ कोई ऐक्शन बॉडी गार्डों पर? नहीं न! अगर मेरी कहानी झूठी है तो बताइए, काहे नहीं हुआ ऐक्शन?' वे चिढ़ते-से बोले।

'मुझे कैसे मालूम होगा कि ऐक्शन हुआ कि नहीं? इतनी पुरानी बात है।' मैंने अपना पक्ष रखा।

'तो पता लगाइए न...' वे कुढ़ रहे थे। उन्हें लगता था कि वे जो भी कहें, मुझे बिना जिरह सच मानकर सुनना चाहिए–जैसे आर.बी. सुनते हैं।

उस दिन कहानी सुनते समय मैंने टोका-टाकी की थी इसीलिए अगले तीन-चार दिनों तक उन्होंने और कोई क़िस्सा नहीं सुनाया। मुँह फुलाए मुझसे चार कुर्सी दूर कोने में बैठे दूसरों से थाली लगवाकर मुझे खाना खिलवा देते रहे।

फिर जब उनका रूठना ख़त्म हुआ तब ख़ुद ही आगे की कड़ी बताई।

'बॉडी गार्डों को गया था फ़ोन उनके साथियों का...कि जहाँ कहीं भी हो, भागकर मोतीटाँड के मेन बैंक पहुँचो तुरंत, जितनी ज़ल्दी हो सके भागकर आ जाओ...तो उन्होंने गाड़ी मोड़ी और वापस आए। पर तब तक सब ख़त्म हो चुका था। ख़बर

फैल गई थी। लोग उनकी पत्नी से सहानुभूति जताने को जमा हो चुके थे। देशभर के टी.वी. चैनल उनकी बहादुरी के क़िस्से सुनाते उन्हें सलामी दे रहे थे। पर आप यह मत समझिएगा कि पत्नी से हमेशा उनकी बनती ही थी। बहुतेरे क़िस्से मालूम हैं इस शहर के लोगों को कि...मतलब कि जिनसे पता चलता है कि अनबन होती रहती थी...वैसे किस पति-पत्नी में अनबन नहीं होती? पर बात यह है कि उनकी पत्नी जो हैं न...जो बाद में हमारी कंपनी की मंत्री भी बनीं...तो यह जो कमरा नंबर चार है न इसी क़तार में...'

मैंने सर घुमाकर देखा।

'हाँ, है चार नंबर का कमरा। तो?'

'तो इस गेस्ट हाउस में इस चार नंबर के कमरे की कहानी सब सुनाते हैं।'

एक बार क्या हुआ कि रात को आठ बजे एक कार गेट के बाहर आकर रुकी। मैं यहाँ उस समय रात का खाना पकवा रहा था। जाकर देखा कि दो लोग अपना सामान उतरवा रहे हैं। अब कोई आने को होता तो मुझे तो पता होता! केयर टेकर को पता ही नहीं और गेस्ट आ रहे हैं...कौन हैं भाई!

'जी, कहिए। क्या सेवा करें...आप लोग कहाँ से...?'

'कहाँ से? हम कहाँ से आए हैं, जाकर अपने चेयरमैन से पूछिए।' वे कड़क कर बोले।

मैं सर खुजाने लगा। क्या इतनी बड़ी कंपनी के एक छोटे-से गेस्ट हाउस का लोअर ग्रेड केयर टेकर कभी चेयरमैन को फ़ोन कर सकता है? ख़ैर, मैंने बिठाया उनको, पानी दिया। चाय के लिए पूछा। इतनी देर में अपने साहब को फ़ोन मिलाया।

'आ भी गए?' साहब चौंके। 'अभी तो हम आपको फ़ोन करने ही वाले थे। है कोई कमरा ख़ाली? टिका दीजिए। सुबह चले जाएँगे। किसी वी.आई.पी. के रिश्तेदार हैं। उसी अनुसार ख़ातिरदारी कर दीजिएगा। जो कहें, पका कर खिला दीजिएगा।बाक़ी तो सब आपको मालूम है ही।' साहब बोले।

'ठीक है' मैंने कहा और चार नंबर का कमरा तैयार करवाकर दे दिया।

क्या खाएँगे, पूछ लिया। राजू को दौड़ाया चिकन ख़रीदकर लाने को। इस छोटे शहर में रात साढ़े आठ बजे चिकन मिलना वैसे तो मुश्किल है, पर वह खोजकर लाया। तीन-चार सब्ज़ियाँ पकवाईं, मीठा मँगाया। खाना-पीना करके वे ख़ुश होकर बोले कि हम सुबह पाँच बजे निकल जाएँगे—हमें सुबह चार बजे जगा दीजिएगा।

'ठीक है–राजू जगा देगा' हम बोले। 'सर, खाने का पैसा अभी ही दे दीजिए, क्योंकि हम तो रात दस बजे चले जाते हैं।फिर सुबह दस बजे आते हैं।'

'खाने का पैसा? अच्छा, कितना?'

हमने कहा कि अब स्पेशल थाली का रेट तो 180 का लेते हैं पर आपकी मर्ज़ी है। जो जितना ठीक लगे, दे दीजिए।

वे बोले–'ठीक है आप जाइए।'

हम निकल आए कमरे से। लीजिए, अभी निकले हुए पाँच मिनट भी नहीं हुए थे कि घबराए हुए साहब हाज़िर हो गए। उनको जी.एम. ने फ़ोन किया था। जी.एम. को डायरेक्टर ने, डायरेक्टर को चेयरमैन ने, चेयरमैन को दिल्ली से मिनिस्ट्री के ऑफ़िसर ने और उनको...मंत्री जी के पी.ए. ने फ़ोन किया था। सब को यह कहा गया कि गेस्ट हाउस में वी.आई.पी. गेस्ट से बदतमीज़ी हुई है। साहब ने आते ही पूछा मुझसे–'क्या हुआ? क्या घटना हुई यहाँ?' दस बजने को थे। मैं घर निकलने की तैयारी में था। बस पैसे मिलने तक रुका था कि रजिस्टर में एन्ट्री करके निकल जाऊँ। मैं हक्का-बक्का साहब को देखता रह गया। कहा–'कुछ तो नहीं हुआ यहाँ।' तब वे बोले कि कुछ हुआ ही नहीं तो फ़ोन कैसे आया? आप क्या गेस्ट हाउस में नशा करके पड़े रहते हैं कि घटना हो जाती है, आपको पता तक नहीं चलता...मैंने हाथ जोड़ दिए। मैं नशे में नहीं था। तब पूछताछ के बाद उन्होंने धीरे-से चार नंबर का दरवाज़ा खटखटाया। वे लोग सोए नहीं थे। सोते कैसे, अभी पाँच मिनट पहले तो बात हुई थी पैसे देने की! साहब ने कहा उनसे कि सोचा आपसे मिलते चलें... पूछ लें कि ख़ातिरदारी में कोई कमी तो नहीं हुई।

'नहीं, नहीं' वे खीसें निपोरते बोले।

'वह...दिल्ली से फ़ोन आया था न, इसीलिए...'

साहब ने हिचकिचाते हुए कहा।

'वह तो करना पड़ा। मुझसे खाने के पैसे माँगे थे इन्होंने।' वे मेरी ओर इशारा करके बोले। 'तब मैंने दिल्ली फ़ोन किया। वहाँ से कोलकाता फ़ोन गया तुरंत... वहाँ से...होते-होते आप तक बात पहुँच गई होगी। अब बताइए कि कैबिनेट मंत्री के रिश्तेदार एक दिन किसी दूसरी मिनिस्ट्री के गेस्ट हाउस में रुक नहीं सकते? एक रात रुकाने के भी पैसे माँगिएगा आपलोग? मेरे चाचा ससुर हैं न मंत्री...'

'तो सर, इस कारण आपने...अच्छा-अच्छा कोई बात नहीं। आप आराम कीजिए। इस केयर टेकर को हमलोग समझा देंगे। छोटा आदमी है सर...'

वे कमरे से निकल आए। फिर तो फ़ोन करके सफ़ाई देने का सिलसिला जो शुरू हुआ, वह आधे घंटे तक चलता रहा। साहब ने जी.एम. को, जी.एम. ने डायरेक्टर को, डायरेक्टर ने चेयरमैन को...चेयरमैन ने दिल्ली में मंत्रालय को...करते-करते बात सँभली। बाद में मुझे डाँट पड़ी। अब आप बताइए कि जब हर गेस्ट से खाने के पैसे लेते हैं तो उनसे नहीं लेना है, कैसे जानते? गेस्ट हाउस में तो सब वी.आई.पी. लोग ही आते हैं। हर कोई आता है, खाता है, पैसे चुकाता है, चला जाता है। किसी-किसी से कमरे का किराया नहीं लिया जाता। बाक़ी खाने के पैसे तो लोग पूछकर ख़ुद दे देते हैं। कोई भी 200-300 रुपये के लिए दिल्ली से फ़ोन नहीं करवाता।'

'ठीक है, ठीक है, होते हैं अलग-अलग तरह के लोग'–मैं अधीर हो रही थी–'पर इस कहानी का उन आई.पी.एस. ऑफ़िसर से क्या लेना-देना, जो बैंक डकैतों का सामना करते शहीद हो गए?'

'लीजिए, उनकी पत्नी के समधियाने का ही तो मामला था–तब, जब वे मंत्री हो गई थीं।'

मेरा मुँह लटक गया। यह तो साफ़ तौर पर किसी को बदनाम करने की साजिश थी। कहीं वे कोरी गप्प तो नहीं मार रहे थे?

तो आज मैंने सोचा कि एक क़िस्सा मैं भी सुनाऊँगी। तय था मन में कि वे कोई क़िस्सा शुरू करें, उससे पहले ही मुझे सुनाना शुरू कर देना है। फिर क़िस्से का अंत करते जता देना है कि ऐसे ही क़िस्सों से सबक लेती हुई मैं कभी सी.बी.आई. या विजलंस के चक्कर में नहीं पड़ी।

दरअसल गेस्ट हाउस में फ़र्नीचरों की ख़रीद होने वाली थी। उसी सिलसिले में मुझे यह क़िस्सा याद आया था।

'काम शुरू हुआ फ़र्नीचर ख़रीदने का? कम से कम तीन कोटेशन ज़रूर ले लीजिएगा। वह भी हो सके तो सरकारी ख़रीद से जुड़े सप्लायर्स से'–मैंने बात शुरू की।

'उसका कोय ज़रूरत नै है। हमको जिससे मन होगा, ले लेंगे। बहुते बार फ़र्नीचर ख़रीद दिखा चुके।' जब वे चिढ़ जाते तो ठेठ बिहारी बोली बोलने लगते।

'अरे, मैं जानती हूँ न कि लोग कैसे पीछे पड़ जाते हैं कि कोई ख़ामी निकालें और फँसाने की कोशिश करें। कर दें शिकायत विजलंस में...फिर निबटते रहिए, करते रहिए ख़ुद को ईमानदार साबित...'

'अरे, फँसने वालों में हम नहीं।'

'सब ऐसे ही सोचते हैं, पर कभी न कभी फँस ही जाते हैं। एक थे भुवनेश्वर वाले गेस्ट हाउस में अदब जी। सब जानते थे कि ख़ूब खाते हैं हर काम में...पर मज़ाल कि कभी फँस जाएँ! सी.बी.आई. हो कि कोई और...कभी कोई उन्हें फँसा नहीं सका।'

अचानक वे बहुत दिलचस्पी से सुनने लगे।

'तो एक बार ऐसा हुआ कि उन्हें भी गेस्ट हाउस के लिए फ़र्नीचर ख़रीदने थे। कमिटी बन गई, जाने कितनी तो बैठकें हुई कमिटी की...हर बैठक में खाना, नाश्ता, चाय...बिल पर बिल आते और फिनांस कुढ़कर रह जाता। बिल पास करना ही पड़ता क्योंकि हर बार बिल आता उसी लिमिट में जिसमें ख़र्च करने की कमिटी हक़दार होती। अब फिनांस डिपार्टमेंट में सब को पता था कि न तो इतनी बार बैठकें हुईं, न मार्केट सर्वे हुआ...फिर भी नोट पर नोट बनाए जाते अप्रूवल के लिए, फिर उसमें फेरबदल होता। कुछ महीनों तक मीटिंग के बहाने कंपनी के खाते से खाते-पीते रहने के बाद आख़िर तीन-चार कोटेशन लगाकर नोट अप्रूव करवा लिया गया। फिर फ़र्नीचर भी ख़रीद लिए गए, पुराने बेच दिए गए। पर सिर्फ़ कागजों में। जब हेड ऑफ़िस दिल्ली से किसी ऑफ़िसर को आना ही नहीं था फ़िज़िकल वेरिफ़िकेशन करने, तब अदब जी क्यों ख़रीदते फ़र्नीचर! पाँचेक लाख का बिल बना, हेड ऑफ़िस से पेमेंट हुआ। लोकल फिनांस डिपार्टमेंट सब देख कर भी चुप लगा गया–क्यों? यह तो आप समझ ही गए होंगे। पर थे एक कुमार साहब जो कमिटी में नहीं रखे गए थे, इस कारण खार खाए बैठे थे। वैसे भी जलते थे अदब जी से कि इतनी काली कमाई और बाहर से आदर्शवादी चोला...तो उन्होंने ऊपर शिकायत कर दी। फोटो भी लगा दिए उन फ़र्नीचरों के जो या तो मात्र पॉलिश करवा कर नए बताए जा रहे थे या सेकंड हैंड ख़रीदे गए थे। विजलंस में शिकायत आते ही एक ऑफ़िसर दिल्ली से टूर पर भेजा गया। जब दिल्ली से खान साहब आए, अदब जी छुट्टी पर थे। लोग कहते हैं कि वे होते तो बात बढ़ने ही नहीं देते। वहीं का वहीं मामला सलटा लेते और खान साहब जाकर यही रिपोर्ट देते कि सारे फ़र्नीचर नए हैं। पर उनके छुट्टी पर होने की वजह से मामला फँस गया। प्रिलिमिनरि इनक्वायरी रिपोर्ट के आधार पर कोई विजलंस टीम आने वाली थी चुपचाप। जाने कैसे शाम को ऑफ़िस बंद होने से थोड़ी देर पहले ही ख़बर लग गई अदब जी को कि विजलंस टीम कुछ ही घंटों

में पहुँचने वाली है। तब उन्होंने आनन-फानन में ट्रक बुलवाया। सारे फ़र्नीचर उस पर लदवाकर गेस्ट हाउस से हटवा दिए। तब तक बाज़ार में दुकानें बंद हो चुकी थीं। फिर भी वे बाज़ार गए और दोस्तों से जानकारी लेकर रात दस बजे एक दुकान दुबारा खुलवा ली। घंटे भर के अंदर ही नए फ़र्नीचर गेस्ट हाउस में आ चुके थे। देर रात जब दिल्ली से टीम पहुँची तो गेस्ट हाउस नए फ़र्नीचरों से जगमगा रहा था। पर कुमार साहब ने सारी कहानी विजलंस टीम को अलग ले जाकर सुना दी। फिर तो दुकान के मालिक से भी पूछताछ हुई। किसी पुरानी तारीख़ पर इन फर्नीचरों की ख़रीद का बिल वे तत्काल दिखा नहीं पाए पर कंफर्म किया कि फ़र्नीचरों की ख़रीद हुई थी और पैसे भी उन्हें मिले थे। टीम दो दिन रह कर वापस दिल्ली रवाना हो गई। मामला और आगे बढ़े उससे पहले ही अदब जी ने कुमार साहब को जा पकड़ा। कई दिनों तक दोनों आपस में बहस करते देखे गए पर फिर जाने कैसे उनमें दोस्ती हो गई और उन्होंने शिकायत वापस ले ली। बड़ी मुश्किल से मामला शांत हुआ। उसके बाद फिर से पुराने फ़र्नीचर वापस गेस्ट हाउस में और...'

'आपको पूरा कहानी मालूम थोड़े है–हमको मालूम है। आप थोड़े न भुवनेश्वर में पोस्ट थे तब।' वे संजीदगी से बोले। मैं चौंक गई। 'आप अदब जी के साथ काम करते थे कभी? जानते हैं उनको?'

'लिजिए, रोजे तो उनका कहानी सुनाते हैं आपको—'

'मुझे अदब जी की कौन-सी कहानी सुनाई है आपने?' मैं फिर चौंकी।

'आर.बी.अदब। वही तो हैं आर.बी. सर। राम बहादुर अदब।'

मैंने सर पर हाथ दे मारा। तो हमारे अदब जी इनके आर.बी. हैं! उनकी ही ईमानदारी के क़िस्से मुझे रोज़ सुनाते रहे हैं महतो जी! उन्हें तो मैं अच्छी तरह जानती रही हूँ। अदब जी और ईमानदारी? सवाल ही पैदा नहीं होता! ईमानदारी से तो उनका छत्तीस का रिश्ता है। कुछ पल बाद मैं गंभीर होकर बोली-

'नहीं, मैं नहीं थी वहाँ। मुझे तो किसी ने सुनाई है कहानी। आप क्या इन्हीं अदब जी की ईमानदारी की कहानी सुनाते रहे हैं? उनकी तो फ़र्नीचर वाले मामले में पूरे ऑफ़िस में इतनी बदनामी हुई कि कहानियों पर कहानियाँ फैलने लगीं। कुछ दिन सब अदब जी से बचते फिरे। टेंशन झेला, सो अलग...मामला सलटाने को कंपनी में ऊपर से नीचे तक जाने किस-किस को घूस दी...'

'इ सब कुच्छो नै हुआ। कोनो टेंसन का बाते नै था। इ जो अदब सर हैं न...ऊ आख़िर का अपना नाम मुसलमान का रखे हैं बाकी का नाम हिन्दू का; और हैं ऊ हिन्दू। इससे फ़ायदा ई होता है कि हिंदू-मुसलमान दोनों खुस...तो ऊहाँ तो सबको इ सब मालूम नै न था! नया पोस्टिंग पर आए कुमार साहेब को भी थोड़े मालूम था इ सब। कर दिए सिकायत। बाद में जब पता चला कि इ तो हिंदू हैं ख़ास उनहीं के गाँव के...तब हो गया दोस्ती। विजिलेंस वाला सब ईमानदार था। ठीक रिपोर्ट देके फ़ाइल बंद कर दिया। आख़िर उसको तो नया फ़र्नीचर दिखा न गेस्ट हाउस में रखा हुआ...और दुकानदार भी बोला कि हाँ, खरीदाया है गेस्ट हाउस में फ़र्नीचर... फिर जो सिकायत किया, ओही जब सिकायत वापस ले रहा है तो एन्क्वायरी का करना!! हाँ, अगर दिल्ली का बड़ा साहब लोग को संदेह पड़ गया होगा तो उनको मनाना पड़ा होगा–ऊ सब हम नै बता पाएँगे। पर ऊ सब का इनफॉर्मर तो था कुमार साहब और ऊ अदब साहेब का पाला में आ चुका था, तो होना का था? कुच्छो नै हुआ। ऊ कोनो मामला था आर.बी. सर के लिए...जाने केतना बार तो सी.बी.आई. और विजिलेंस वाला उनको घेरने का कोसिस कर चुका था। ऊ सब जानते हैं कि किसको कैसे सांत करना है...'

'आपको कैसे मालूम?'

'लिजिए हमहीं को मालूम नै होगा। तब हमहीं न थे ऊ गेस्ट हाउस का केयर टेकर।'

मैं सर पकड़कर बैठ गई। वे आगे बोले जा रहे थे–

'जब बाद में फिर सिकायत हो गया दुसरा मामला में तो साहेब का ट्रांसफ़र हो गया नागपुर और मेरा इहाँ...तो का हुआ? होते रहता है ट्रांसफ़र नौकरी में...पर आप ई सब कहानी इस-उस से बोलते मत रहिएगा। जो आर.बी. साहेब का कान में पड़ गया तो...काहे कि उनका पहुँच बहुत ऊपर तक है। ऊ चार नंबर का कहानी सुनाए थे न हम आपको? ऊ लोग उनहीं का रिस्तेदार थे, जो सौ-दू सौ रुपया का ख़ातिर मंत्री तक को फ़ोन कर दिए। रसूख़ दिखाने का बात था–बस।'

'आप तो कह रहे थे कि उन आई.पी.एस. की पत्नी के समधियाने के लोग थे!' मैंने उन्हें याद दिलाया।

'तो का आई.पी.एस. के समधियाने का रिस्ता आर.बी. साहेब से नै हो सकता है? ऊ भी उनके समधियाने के समधियाने हैं। उनकी बहन का रिस्ता...'

'ठीक है, ठीक है, समझ गई।' मैं बात ख़त्म करना चाहती थी। अगर उनके बॉस आर.बी.अदब जी थे तो उनकी क़ाबिलीयत और ईमानदारी के बारे में कुछ पूछना-समझना बाक़ी नहीं रह गया था!! पर महतो जी खीझकर लगातार बोले जा रहे थे–

'बोलने में कभी-कभार हो नै सकता है इधर-उधर? हो सकता है कि अदब जी नै हों आई.पी.एस. के रिस्तेदार...इ भी हो सकता है कि चार नंबर कमरा का कहानी से आई.पी.एस. साहब के समधियाने का कोय लेना-देना नै हो...पर इससे कहानी में का फरक पड़ता है? गेस्ट हाउस में जिनगी गुजरा तो केतना कहानी है, केतना किरदार...याद थोड़े रहता है हमको ओतना। आपको मेरा सुनाया सब कहानी झूठे लगे तो हम का कर सकते हैं? मान लिजिए कि सब झूठे है...आप बोलिएगा कि नै गया था आई.पी.एस. का बॉडी गार्ड उनका मेहरारू के साथ...तो हम का कर लेंगे? और हमको लेना-देना का है आपसे?आप सीधा-सादा हैं, ओसहीं बने रहिए और झेलिए भुखमरी रिटायरमेंट का बाद, तो भी हमको का है!! हमको ख़रीदने दिजिए फ़र्नीचर...भुवनेश्वर हो, पटना हो कि कोई और सहर...का फरक पड़ता है! हम आर.बी. सर के ट्रेन किए हुए आदमी हैं। हमको पता है काम कैसे किया जाता है। सर का तो एकेगो बेटा है और एगो बेटी...हमको बेटी नै है। लेकिन चार ठो बेटा है। सबको बसाना है हमको...ई केयर टेकर का नौकरी का पइसा केतना होता है? अउर अफसरे लोग को केतना पइसा मिलता है? आर.बी. सर अपना बेटी का सादी में सत्तर लाख ख़र्चा किए थे पाँच साल पहले...एतना प्यार करते हैं बेटी को। उनका बेटा बिदेस में पढ़ता है। किसका कलेजा है एतना करने का? हम तो अपना बड़ा बेटा को दवा दुकान करा दिए पर और भी तो है तीन ठो बाकी...उनको भी तो...'

मैंने सुनना बंद कर दिया, पर उनका बोलना ज़ारी था। जब तक उनका बोलना ख़त्म नहीं हो, तब तक मुझे वहीं बैठे रहने की मजबूरी थी क्योंकि रहना-खाना तो गेस्ट हाउस में ही करना था न!!

(दोआबा, 2018)

वायरस कथा

बिस्तर पर लेटकर मीता अंदर उलझ गए को सुलझाने की कोशिश कर रही हैं। भरोसा नहीं हो रहा उन्हें कि ऐसे पल भर में मुरझा जाते हैं दिल के अंदर खिले फूल और सुख की चिड़िया फुर्र से उड़ जाती है! इतने लाड़ से घर पर रखी जा रही है बहू! फिर क्यों आज वह सच और ससुराल के साथ खड़ी नहीं हो पाई? अपनी माँ की अनर्गल बातों पर चुप क्यों लगा गई? क्या अंतर्जातीय विवाह के बावजूद जाति-व्यवस्था में उसकी आस्था बनी हुई है? क्या उसे अपनी अधूरी परवरिश पर क़तई अफ़सोस नहीं है? मीता तो जाति-धर्म से परे की सोच के साथ जिए अपने जीवन पर नाज़ करती रहीं। अपनी बहू को जितना मान दिया, जितने नखरे उठाए उसके, शायद कोई सगी बेटी तक के नहीं उठाता...पर किसी एक बिन्दु पर शायद सही बर्ताव करने, सही निर्णय लेने और बेटे को सही सलाह देने में चूक गई थीं!! वैसे तो बहू सुमा ने सुबीर से शादी का निर्णय करके और जातिप्रथा समर्थक अपने माता-पिता को इस अंतर्जातीय विवाह के लिए राज़ी करके अपने आधुनिक होने का सबूत दे दिया था; पर अब लगता है कि आधुनिकता या स्त्री स्वतंत्रता की उसकी परिभाषा, मीता और सुबीर की परिभाषाओं से मेल नहीं खाती। सही है कि सुमा की परवरिश बहुत अलग तरह से की गई है–एक घोर पारंपरिक माँ, और पुरुष अहंकार से भरे पिता द्वारा। क्या इन सब के बीच वह स्वतंत्र सोच विकसित करने में चूक गई? कुछ ज़्यादा ही सुविधाभोगी, संवेदनहीन हो गई? तय किया तो सिर्फ़ इतना कि सोच और संस्कारों में सुबीर के परिवार से एकरूपता ज़रूरी नहीं? वैसे तो उसकी किसी सोच पर मीता अमूमन सवाल नहीं उठातीं पर अब लगता है कि पानी सर के ऊपर तक आ पहुँचा!!

ऊँची जाति की मीता के दिल में नीची जाति के कहे जाने वाले प्रवीर से शादी करते समय त्याग करने या क्रांति करने जैसा कोई भाव नहीं था। वे दोनों प्यार करते थे

और शादी उनके प्यार की स्वाभाविक परिणति थी। वे दोनों बराबरी से जिए, नौकरी में तरक़्क़ी करते अपनी-अपनी कंपनी में महाप्रबंधक के पद तक पहुँचे और नौकरी की तमाम ज़िम्मेदारियाँ निभाते इकलौते बेटे सुबीर की परवरिश की ज़िम्मेदारियाँ भी बराबरी से निभाने की कोशिश करते रहे। उन दोनों ने बेटे को सबकुछ सिखाया—खाना पकाने से लेकर क़मीज़ के बटन टाँकने तक, घर की साफ़-सफ़ाई से लेकर समाज में फैली बुराइयों की सफ़ाई की ज़रूरत के प्रति सजगता की आवश्यकता तक!! मीता को गर्व था कि बेटा सोच और कर्मों में प्रगतिशील है—वह स्त्री को सम्मान देने, समाज के लिए कुछ कर गुज़रने और ज़रूरत पड़ने पर धारा के विरूद्ध खड़े हो जाने का साहस रखता है। वह पत्नी समेत किसी भी स्त्री के साथ ग़ैर-बराबरी का व्यवहार नहीं करता, न उसे घरेलू ज़िम्मेदारियाँ निभाने में शर्म आती है। वह समाज को जाति, धर्म, वर्ग-विभेद की परतों में बाँधकर देखता ही नहीं! बेटे ने इसका सबूत दे जो दिया था! शादी उसने प्यार के लिए की; घर सँभालने, खाना पकाने, वंश चलाने के लिए किसी स्त्री की ज़रूरत के लिए नहीं! उसने बचपन से पिता को घरेलू कामों में माँ का हाथ बँटाते देखा था इसीलिए वह शादी के बाद रसोई में घुसा नज़र आया तो न मीता को खटका, न प्रवीर को। पर शायद सुबीर उस रेखा को पहचान नहीं पाया था जो पत्नी को बराबरी देने और पत्नी की अधीनता स्वीकार, शोषित होने लगने के बीच पड़ी होती है।

अभी पिछले हफ़्ते ही तो मीता नोएडा के अपने घर से, बाग़ीचे में ताजे खिले, लाल-पीले-बैंजनी रंगों के फूलों की लहराती ख़ुशबू अपने अंदर भरे महकती हुई निकली थीं। वैसे भी लोग कहते हैं कि वे ख़ुशबू के झोंकों की तरह लहराती हुई चलती हैं और साठ पार की उमर में भी सुंदर लगती हैं—पके बालों और मोटापे के बावजूद। जीवन से संतुष्टि एक स्थाई भाव की तरह उनके चेहरे पर कांति बनकर बस गई है। मोटी तनख़्वाह वाली नौकरी से रिटायर हुईं तो ज़ाहिर है—उन्हें पैसों की कोई कमी नहीं। इकलौती संतान सुबीर दो साल की अटकन के बाद आई.आई.टी. में सिलेक्ट हो गया और पढ़ाई ख़त्म करके मल्टीनेशनल में जा टिका। लंबा-साँवला-छरहरा-अग्रसोची-प्रियदर्शी। अब शादीशुदा और नन्हे किन्नू का पिता।

नोएडा से वे तमाम सामानों से लदी-फँदी निकलीं। तीन बड़े बक्सों के लिए—जिनका वजन हवाई यात्रा में सामान के लिए मिली अनुमति से बहुत ज़्यादा

था–अच्छे-ख़ासे अतिरिक्त पैसे चुकाने पड़े। चेक-इन के बाद दिल्ली एयरपोर्ट पर बैठकर साथ रखे सामानों की लिस्ट मन में बनातीं, यह तय करती रहीं कि कुछ छूट तो नहीं गया! बेटे की शादी के बाद पहली बार रिश्तेदार इकट्ठा हो रहे थे। वे नहीं चाहती थीं कि उपहार में देने के लिए ख़रीदे गए कपड़े नोएडा में छूट जाएँ या फिर कम पड़ जाएँ। मुंबई में बेटे का फ़्लैट बड़ा और बाज़ार के क़रीब है, तब भी इतने सारे लोगों के घर में होते बार-बार शॉपिंग के लिए निकल पाना मुमकिन नहीं।

पर नियति का खेल कि इतनी मशक़्क़त से लाया सामान हँसी-ख़ुशी बाँटा जा पाता उससे पहले ही घर का माहौल बिगड़ गया।

घर के माहौल से पहले देश का माहौल बिगड़ा–साल 2020 की शुरूआत से ही।

एक अनजाने वायरस के पूरी दुनिया में पसरने और लोगों को मौत के आगोश में ढकेलने की ख़बरों से शुरुआत में किसी को उसके इस क़दर भयावह होने का अंदाज़ा नहीं हुआ। फरवरी और मार्च महीनों में मध्य और उच्च वर्ग की हवाई यात्राएँ और उनके सैर-सपाटे, बदस्तूर जारी रहे और होटेल बिना हिचक धड़ल्ले से बुक किए जाते रहे। वायरस तब एक ख़बर मात्र थी और हवाई अड्डों पर सर्दी-खाँसी से पीड़ित लोगों को एक किनारे ले जाकर बुख़ार नापने, थूक के नमूने लेने जैसी एयर सर्विस प्रवाइडरों की हरकतें, यात्रियों के लिए एक व्यवधान जैसी।

मीता तब वायरस की ख़बरें दिलचस्पी से पढ़ती थीं–बिना इस अहसास के कि उनके घर एक दूसरा वायरस, इस वायरस के बहुत पहले से घुसा बैठा था और आज निशीथ उँगली गड़ाकर न दिखाता तो शायद अब भी वे वस्तुस्थिति समझ नहीं पातीं। उन्हें तो वायरस की ख़बरों से परे दुनिया ख़ूबसूरत ही लगती रही थी। नोएडा की चिकनी-चौड़ी सड़कें क़तार में लगे ऊँचे-ऊँचे पेड़ों से गिरते लाल-नारंगी फूलों से पटी पड़ी थीं। मीलों फैले हरे-भरे पार्कों में रंग-बिरंगे फ़व्वारे चल रहे थे, लोग सुबह-शाम दौड़ लगा रहे, योग कर रहे थे...सेवानिवृत्त लोगों की मंडलियाँ जम रहीं और ठहाके हवा में पसर रहे थे। लोग अख़बार में छपी उन ख़बरों पर चर्चा करते अपने मंतव्य प्रकट करते रहते जिनमें चीन के वुहान शहर में चमगादड़ों से निकला कोई वायरस लोगों को अपनी चपेट में लेकर मौत के घाट उतार रहा था। लोगों को उन चमगादड़ों या उनसे फैले वायरस की बजाय इस साल मौसम के बदले मिज़ाज की चिंता अधिक थी। मार्च के शुरूआती दिन आ गए पर गर्मी का कहीं नामोनिशान नहीं; यह बात दिल्ली और नोएडा वासियों को परेशान कर रही थी–अलग-अलग

कारणों से। महिलाओं को गर्म कपड़ों की धुलाई निबटा लेने की जल्दी थी, उम्रदार लोगों को जाड़े में बरती जाने वाली सावधानियों से छुटकारा पाने की और बच्चों को इंतज़ार था स्वेटर पहनने के झंझट से मुक्ति पाकर देर शाम तक ढीले-खुले कपड़ों में पार्क में धमाचौकड़ी मचाने का।

सुबीर और सुमा मुंबई में नन्हे किन्नू के साथ मस्त थे। गर्मी ज़्यादा नहीं थी और जीवन आम दिनों की तरह ही चल रहा था।समुद्र की ठाठें मारती लहरें, तट पर लोगों के हुजूम, फ़िल्मों में करियर बनाने के सपने देखते सड़कों पर ख़ाली पेट भटकते युवा, फ़िल्मों की शूटिंग, ऑडिशन, फ़िल्मी सितारों की चमक-दमक–जो मुंबई को आम आदमी और फ़िल्मी सितारों की दो अलग दुनियाओं में बाँट देते हैं। शहर इन दिनों शायद उन बच्चों के हुजूम के इंतज़ार में था जो पढ़ाई ख़त्म करके नौकरी की शुरुआत करने आने ही वाले थे।

पर मार्च का अंत आते-आते कोरोना वायरस बातों और ज़ेहन में घुस चुका शब्द बन गया। उसके लगातार पसरते जाने ने उसके लक्षणों की पहचान और संभावित परिणामों पर विज्ञान, ज्योतिषियों और डॉक्टरों की पैनी निगाहें डाल दीं।

ऐसे ही माहौल में मीता-प्रवीर यानी कि रंजन परिवार नोएडा से, राव परिवार हैदराबाद, तो कुमार तथा प्रसाद परिवार पटना और राँची से उड़कर किन्नू का पहला जन्मदिन मनाने मुंबई पहुँचे जो मीता-प्रवीर के बेटे सुबीर तथा लक्ष्मी-सुब्बाराव की बेटी सुमा की प्रथम संतान है। उनके अँधेरी स्थित फ़्लैट में आपस में गप्पें मारते वे सब चर्चा करते रहे कि किस तरह संदेह होते ही हवाई अड्डे पर रोककर लोगों की जाँच की गई...कि बग़ल की सीट पर बैठे चीन से भारत आए किसी विदेशी को बुख़ार था, जिसके पास हर पंद्रह मिनट पर एयर होस्टेस हाल पूछने आती रही...और मुंबई पहुँचते ही उसे ऐंबुलेंस में डालकर सीधे अस्पताल ले जाया गया।

चार बेडरूम वाला वह फ़्लैट अतिथियों की बातचीत और हँसी-ठहाकों से गुलज़ार हो गया। बारह लोगों की भीड़ में मात्र चार महिलाएँ थीं–सुमा, मीता, लतिका और लक्ष्मी। जन्मदिन होटेल में मनाया जाने वाला था, सारे निर्देश दिए जा चुके थे, तब भी सुमा-सुबीर की व्यस्तताओं का अंत नहीं था। दरअसल सारी साज-सज्जा वे अपने सामने करवाना चाहते थे, इसीलिए सुबह से होटेल के कई चक्कर लगा चुके थे। होटेल दस किलोमीटर के दायरे में यानी कि पास ही था। घर पर मेहमानों के आवभगत की सारी ज़िम्मेदारी रमाबाई सँभाल रही थी। वह सुबह छह बजे के

आसपास आ जाती और रात को दस बजने के बाद ही घर वापस लौटती। किन्नू को नहलाने-खिलाने से शुरू करके, घर की सारी व्यवस्था सँभालने और सुमा-सुबीर-किन्नू के लिए मनपसंद व्यंजन पकाने तक का सारा ज़िम्मा रमा ही बख़ूबी सँभालती थी, इसीलिए ज़ाहिर है कि किन्नू उससे बहुत हिला-मिला था। साफ़-सफ़ाई के लिए सुबह-शाम नैन्सी आती। इस सब के बीच अतिथियों के लिए यही बचता कि किन्नू से खेलें, आपस में गप्पें मारें, उसके लिए लाए उपहार एक-दूसरे को दिखाएँ और जन्मदिन की पार्टी में सज-धज की तैयारी करें। बच्चों के अंतर्जातीय विवाह के फैसले के परिणामस्वरूप देश के उत्तर, दक्षिण और पूर्वी भाग से इकट्ठा हुए ये सब अब रिश्तेदार थे और सुमा-सुबीर की शादी के वक्त एक-दूसरे के रीति-रिवाज़ों, खान-पान से परिचित हो चुके थे; इस कारण अब साथ रहने में पहले जितना असहज महसूस नहीं कर रहे थे।

शादी के दौरान उत्पन्न हुई कठिनाइयाँ अब बीत चुकीं। परिवारों में आपसी मेलजोल बढ़ा, तो एक-दूसरे के रीति-रिवाज़ों का स्वीकार और सम्मान भी। अब अगर लक्ष्मी को यह पता है कि बेटी के घर में कोई मंदिर नहीं मिलेगा, तो सुबीर के घरवालों को यह कि लक्ष्मी सुबह होते ही अपने बक्से से मूर्तियाँ निकाल कर उन्हें साथ लाए रेशमी कपड़े पर फैलाकर पूजा में लग जाएँगी और देर तक घंटियाँ बजाती रहेंगी। बालों में लगाने को फूलों का हार एक दिन भी नहीं मिले तो लक्ष्मी का दिल दिन-भर उदास रहेगा और उनके रहते रसोई में माँस क्या, अंडे तक का प्रवेश वर्जित रहेगा। इस सब के मद्देनज़र रमाबाई को आवश्यक हिदायतें पहले ही दी जा चुकी थीं और फूल वाले से रोज़ सुबह नियत समय पर पूजा के फूल और बालों की वेणी दे जाने क़रार भी हो चुका था। स्त्रियों की पारंपरिक छवि पर प्रश्न उठाने या स्त्री स्वतंत्रता की बातों से लक्ष्मी का मूड ख़राब हो सकने के ख़तरे से भी वे सब अनजान नहीं थे और इसी कारण सुबीर के कज़न को–जिन्हें सामाजिक मुद्दों पर बहस करने में ख़ास मजा आता है–ऐसे मुद्दे छेड़ते ही इशारों में बार-बार बरज दिया जा रहा था। अच्छी बात यह थी कि अपने भगवान, पूजन सामग्री और पूजा के बर्तनों के साथ लक्ष्मी कई तरह के मोदक भी घर से ही बनाकर लेती आई थीं। रोज़ सुबह वंशीधर को वस्त्रम् पर रखकर उनकी पूजा के बाद जब वे प्रसाद के रूप में मोदक बाँटतीं, तो सुबीर के भाई-बहन उनकी सोच पर सवाल उठाने या सुमा भाभी को किसी बहाने से छेड़ने के बदले मोदक स्वाद ले-लेकर खाने में लग जाते।

रंजन परिवार के लिए वह दिन बहुत ख़ास था जिस दिन सुबीर आई.आई.टी. दिल्ली की अपनी ख़ूबसूरत सहपाठी सुमा को उनसे मिलवाने नोएडा लाया। लड़की थी ही ऐसी कि देखते ही मीता और प्रवीर के चेहरे खिल उठे। गोरा रंग, तीखे नाक-नक़्श, बड़ी आँखें, सधा शरीर, कमर तक लंबे घने-काले बाल–मानो दक्षिण भारतीय सौन्दर्य का साक्षात नमूना हो। वैसे तो छह फुटे बेटे के साथ खड़ी वह बहुत नाटी लग रही थी पर वह मुद्दा किसी को महत्वपूर्ण नहीं लगा। तीक्ष्ण मेधा की स्वामिनी सुमा ने सबका दिल पहली मुलाक़ात में ही जीत लिया। रंजन परिवार में तीन पीढ़ियों से कोई बेटी नहीं थी, इसीलिए उस परिवार में बहुएँ बहुत लाड़ से रखी जाती रही थीं। मीता और प्रवीर के परिवार में जाति या धर्म कभी मुद्दा रहा ही नहीं। नोएडा के उस फ़्लैट में सुमा के क़दम क्या पड़े, घर की हवा महक उठी। सुमा वापस हॉस्टल चली गई तब मीता और प्रवीर बालकनी में बैठे, सामने पार्क में खेलते बच्चों को देखकर, अपने पोते-पोती की मीठी कल्पनाओं में देर तक डूबे बेटे की शादी की योजनाएँ बनाते रहे।

सुबीर की पढ़ाई का आख़िरी सेमेस्टर था। मुंबई की एक मल्टीनेशनल कंपनी में उसे नौकरी मिल चुकी थी। सुमा ने भी मुंबई की किसी नौकरी को ही हाँ कर रखी थी।

दो घंटे बाद हॉस्टल पहुँचकर सुबीर ने फ़ोन किया–

'माँ, बात उतनी आसान नहीं है। सुमा के घरवालों को इंटरकास्ट मैरिज के लिए मनाना पड़ेगा–ख़ासकर इसीलिए कि तुम दोनों में से कोई ब्राह्मण नहीं...और अगर उन्हें पापा के ऊँची जाति से नहीं होने का पता चल गया तब तो...'

'लो, आ गया पेच' मीता हँसीं। 'वह मुद्दा तुम हम दोनों पर छोड़ दो। हम जल्दी ही चेन्नई जाएँगे और उन्हें मना लेंगे।'

सुमा के पिता मैनेजर थे तो क्या! सुबीर के तो माता-पिता दोनों जेनरल मैनेजर के पद से रिटायर हुए थे। सुमा के पिता के पास चेन्नई में दो मंजिला मकान था, तो सुबीर के माता-पिता के पास नोएडा में तीन फ़्लैट। उन्होंने भावी समधी-समधन के लिए बहुत से उपहार ख़रीदे और चेन्नई रवाना हो गए। उन दोनों को पूरा भरोसा था कि बात बन जाएगी–सुमा भले थोड़ी घबराई हुई थी। दोस्तों के मुंबई ट्रिप के दौरान वह सुबीर को अपने माता-पिता से मिलवा चुकी थी। तब वे दोनों चुप ही रहे तो उसे समझ नहीं आया कि उन्होंने सुबीर को पसंद किया कि नापसंद!

चेन्नई में सुमा का घर किसी दक्षिण भारतीय घर का ख़ास नमूना था। दरवाज़े पर अल्पना, घर में घुसते ही धूप-अगरबत्ती की ख़ुशबू से स्वागत, एक कोने की

शोभा बढ़ाता पीतल का बड़ा-सा दीपस्तंभ, नक़्क़ाशीदार जाली के महीन काम वाला पीतल का विशाल मंदिर और उसमें क़तार से रखे भगवान...मंदिर के आसपास पूजा सामग्रियों की भरमार तो रसोई में पीतल के बर्तनों की...रईसी दिखाती कलाकृतियाँ और दीवार पर टँगे फ्रेमों में सफेद कुर्ते-धोती तथा अंगवस्त्रम् में माथे पर टीका लगाए पूर्वज! कोकोनट वॉटर से शुरू करके कोकोनट राइस, कर्ड राइस, अप्पम, मैसूर पाक, पायसम परोसते लक्ष्मी-सुब्बा अपनी तरफ़ से घुमा-फिराकर कई बार बता चुके कि वे दोनों ब्राह्मण हैं–ख़ास अयंगार। उनका मानना है कि उच्च जाति पिछले जन्मों के अच्छे कर्मों के फलस्वरूप मिलती है और वे नहीं चाहते कि इस जन्म में वे या बच्चे कुछ ऐसा कर बैठें कि उनका अगला जन्म ख़राब हो...जाति प्रथा बनाए रखने के कई सामाजिक मक़सद हैं, जिनको वे समर्थन देते हैं। व्यक्तिगत स्तर पर उनका मानना है कि सुमा को अंतर्जातीय विवाह की स्वीकृति देने पर परिवार बदनाम होगा और उसकी छोटी बहन की शादी में परेशानियाँ आएँगी। मीता और प्रवीर के चेहरे लटक गए। वे शुरुआती बातचीत में यह सोचकर चुप ही रहे थे कि उन्हें तो बस सुमा की सोच से मतलब है। ज़ाहिर तौर पर उसने अपने माता-पिता की सोच को नहीं अपनाया है इसीलिए सुबीर से शादी करना चाहती है, अब ऐसे में लक्ष्मी-सुब्बा से बहस करने से क्या हासिल! उन्हें परेशान कर रही थी तो यह बात कि इतनी बड़ी कंपनी में प्रबंधक के पद पर काम कर रहा कोई अगर इतनी रुढ़िवादी सोच का होगा तो समाज बदलेगा कैसे!! अपनी सहनसीमा पार हो जाने पर उनके घर से निकलने से पहले मीता और प्रवीर ने बहुत साफ़ शब्दों में कह दिया कि उनका मानना है कि आज की परिस्थितियों में जाति प्रथा को समर्थन देने के परिणाम समाज पर बहुत घातक होंगे और सुमा, सुबीर दोनों की भावनाएँ इससे आहत होंगी। सुनकर सुब्बा हल्के-से मुस्कराए जबकि लक्ष्मी ने हाथ ऊपर उठाकर आसमान की ओर देखते देवा-देवा उचारा। मीता ने जानबूझकर अपनी पारिवारिक संपत्ति, मायके-ससुराल में रिश्तेदारों के रुतबे और परिवार में हुई अंतर्जातीय शादियों का विस्तार से बखान किया। फिर वे दोनों नोएडा लौट आए। स्थिति अनुकूल नहीं थी, उत्साह पर पानी फिर गया था पर मुख्य समस्या यह थी कि इतनी जड़ सोच वाले माता-पिता की बेटी ने आख़िर क्या सोचकर परिवार से विद्रोह करते अंतर्जातीय विवाह करने की ठानी थी? क्या वह प्यार में अंधी हो गई थी? क्या उसने मन ही मन माता-पिता को त्यागने या घर छोड़ने का फ़ैसला कर लिया था? सुबीर तो ज़ाहिर तौर पर उदास

था। वे तीनों आपस में विकल्पों पर चर्चा करते किन्तु किसी निर्णय तक पहुँच नहीं पाते। सुमा घर गई हुई थी और उसकी ओर से किसी संदेश के इंतज़ार में वे तीनों किसी तरह दिन काट रहे थे।

फिर कुछ हफ़्ते बाद चेन्नई से सुबीर की जन्मपत्री की माँग करते फ़ोन आया और उसके अगले हफ़्ते लक्ष्मी और सुब्बा नोएडा हाज़िर हो गए। मीता और प्रवीर ने इस छानबीन की ज़रूरत नहीं समझी कि कमाल जन्मपत्री मिल जाने का था या स्थितियाँ अपने हित में कर लेने की सुमा की क़ाबिलीयत का। लक्ष्मी ने शुरुआत में ही बता दिया–कोर्ट मैरिज को वे लोग मान्यता नहीं देंगे, शादी में सभी रस्म-रिवाज़ निभाए जाएँगे और वह भी सुमा के परिवार की परंपरा के अनुसार।

'आप कन्यादान भी करेंगे? किसी वस्तु की तरह बेटी को दान में दे देंगे?' मीता ने पूछा।

'सप्तपदी के वचनों को तो अब बदल ही देना चाहिए।' प्रवीर बोले।

उनके सवालों और विचारों को परे करते लक्ष्मी-सुब्बा अड़े रहे। रस्में होंगी, सुबीर नंगे बदन सिर्फ़ धोती पहनकर विवाह मंडप पर बैठेगा और सुमा को मंगलसूत्र पहनाएगा। बिना सप्तपदी सुमा ससुराल नहीं जाएगी।

ख़ैर, उनकी सभी शर्तें मान ली गईं और शादी संपन्न हुई। वर पक्ष से रिश्तेदारों के लिए आए ढेर सारे उपहारों ने कन्या पक्ष को सकते में डालकर अंततः प्रसन्न कर दिया। मीता और प्रवीर को लगा कि चलो, मामला निबट गया।

शादी के बाद सुमा पहली बार ससुराल आई तो इस बात का ख़ास ख़याल रखा गया कि उसे इस घर में मायके जितना ही अपनापन महसूस हो। उसे रसोई का रुख़ करने से तो मीता ने ख़ास मनाही कर दी। पकाती रहेगी बाद में! अभी गप्पें मारे, साथ घूमे-फिरे, सुबीर और उसके परिवार के बारे में और अच्छी तरह जाने। सुबीर के चचेरे-मौसेरे-ममेरे-फुफेरे भाई-बहनों से तो मिले ही, गोपाल को भी–जो अनाथ है और सुबीर परिवार द्वारा पाला गया है–स्वीकारे और अपनाए। इकलौते सुबीर के लिए तो ये सब ही बचपन से सगे और अपने रहे थे।

पर सुमा असहज थी।

'माँ, आपने इतने बड़े पद पर नौकरी करते हुए भी इतने सारे नाते-रिश्ते निभा कैसे लिए? कितनी मेहनत करती रही होंगी आप सबों की ख़ातिरदारी करने, उनके लिए ख़ुद पकाने, ख़रीददारी करने में? क्या रिश्तेदार घर आते थे तो आप ऑफ़िस

से छुट्टी ले लेती थीं? या कि ऑफ़िस जाने से पहले ही सुबह जल्दी उठकर सबों के लिए पकाकर निकलती थीं? पर जब रिश्तेदारों को आपके नौकरी करते होने का पता था, तब वे बार-बार आते ही क्यों थे?' सुमा के लगातार पूछे जाते सवालों के जवाब में मीता ने समझाया–

'आज के ज़माने में सबको एक ही बच्चा है इसीलिए बच्चे का भावनात्मक लगाव चचेरे-फुफेरे-ममेरे-मौसेरे भाई-बहनों से ही रहेगा। रिश्ते भावनात्मक रूप से सींचते हैं और इकलौते बच्चे की भाई-बहन से भावनात्मक रिश्तों की ज़रूरत को अनदेखा नहीं किया जा सकता। क्या नौकरी करते होने के कारण सभी रिश्ते तोड़ दिए जाएँ? परेशानी होगी इस कारण किसी को भी आने से मना कर दिया जाए? मैं तो सबको निमंत्रण दे-देकर बुलाती रहती थी ताकि सुबीर को कभी अकेलापन महसूस न हो...उसके मन में परिवार की परिभाषा संकुचित नहीं हो। वह पूरे समाज को एक बड़े परिवार के रूप में देखने और उनका ख़याल रखने की सोचे...और खाना पकाना? वह तो मुझे वैसे भी बहुत पसंद है। सुमा बेटे! भोजन से ही तो जीवन है–वह शारीरिक और भावनात्मक दोनों ज़रूरत है। माँ अपने बच्चे के लिए पकाए व्यंजनों में अपनी अच्छी भावनाएँ, प्यार और आशीर्वाद सब मिला देती है। रसोइए के हाथ के बने खाने में यह सब उपस्थित नहीं हो सकता। हर बच्चे को माँ के हाथ का बना खाना ऐसे ही हमेशा याद नहीं आता रहता!!'

सुमा चुप लगा गई। उसका चेहरा उतर गया। मीता को लगा कि सुमा शायद अपने घर एक सगी छोटी बहन मौजूद होने के कारण रिश्तों के चचेरे-ममेरे-फुफेरे-मौसेरे तक फैलाव की ज़रूरत महसूस नहीं पाई। तब भी, सुसराल में सुबीर के सभी कज़न को मन से अपनाने की अब सोचेगी ज़रूर क्योंकि वह सुबीर को प्यार करती है! मीता का मन हुआ कि पूछें कि क्या उसके घर चचेरे-ममेरे भाई-बहिन नहीं आते? क्या उसकी माँ को पकाना-खिलाना पसंद नहीं? पर सवाल कर-करके पारंपरिक सास के ढाँचे में फिट कर दिए जाने से मीता डरती थीं। घर पर सुबीर के कज़न की धमाचौकड़ी में सुमा शामिल नहीं हुई–बतौर भाभी ख़ूब छेड़े जाने के बावजूद! खाना पकाने-खिलाने जैसी पारंपरिक अपेक्षाएँ भी उस पर सुबीर के भाई-बहनों द्वारा हँसी-खेल में लादी गईं पर वह साफ़ मुकर गई। मीता को लगा कि नई बहू को परेशान नहीं किया जाना चाहिए, इसीलिए वे हर हाल में बहू के पक्ष में डटी रहीं। इस तरह सुमा बिना रसोई का रुख़ किए या रिश्तेदारों की ख़ातिरदारी की ज़िम्मेदारी निभाए

ससुराल से विदा होकर मुंबई के फ़्लैट में शिफ्ट हो गई। फ़्लैट उसे सास-ससुर से शादी के उपहार के रूप में मिला था। और जल्दी ही नन्हें मेहमान के आगमन ने सबको ख़ुश कर दिया। लक्ष्मी और सुब्बा इस कारण ख़ास ख़ुश थे कि सुमा को बेटा हुआ है। सुब्बा का ट्रांसफ़र चेन्नई से हैदराबाद हो गया था।

सुमा के फ़्लैट में जब रिश्तेदारों के ठहाके गूँज रहे थे, बर्तनों की साफ़-सफ़ाई के लिए आई नैन्सी एक शाम उन्हें टोकती-सी बोली–

'अपन को चिंता है। आगे क्या होएंगा?'

'मतलब?' सब चौंके।

'टी.वी. चलाओ न...वो वायरस का कीड़ा...' वह समझाती हुई बोली, पर किसी ने कान नहीं दिए। उसकी बात पर पल भर मुस्कराकर सब फिर से अपनी बातों में मगन हो गए।

बाईस मार्च को जनता कर्फ़्यू का ऐलान और पालन हो चुका था। जन्मदिन मार्च की चौबीस तारीख़ को था।

तभी पता चला कि तेईस मार्च की आधी रात से उड़ानें बंद की जा रही हैं।

उस फ़्लैट के अंदर माहौल अचानक बदल गया। वापसी के टिकट उन सबों के पच्चीस मार्च की सुबह के थे। पहले लगा कि तेईस मार्च को आधी रात से पहले के टिकट लेने की कोशिशों में वे नहीं लग सकते क्योंकि जन्मदिन चौबीस मार्च को है। पर बदले हुए हालातों में जन्मदिन की पार्टी छोड़कर वापसी के टिकट लेने का प्रयास ही सही निर्णय लगा। आख़िर किन्नू से मिलना, उसे असीसना और उसके लिए लाए उपहार देना तो हो ही चुका था! वे सब लैपटॉप खोलकर बैठ गए और अलग-अलग माध्यमों से टिकटों की उपलब्धता तलाशने लगे। मेक माई ट्रिप पर मीता तो यात्रा डॉट कॉम पर उसकी बड़ी बहन लतिका दी। प्रवीर गो एयर, इंडियन एयरलाइन्स, तो सुब्बाराव विस्तारा एयरलाइन्स की साइट पर। टिकट कहीं उपलब्ध नहीं थे।

लक्ष्मी का ब्लडप्रेशर इतना बढ़ गया कि उसे ले जाकर बिस्तर पर लिटाना पड़ा। उसके सर में लगातार चक्कर आ रहे थे। घबराहट तो मीता को भी होने लगी। वह भी नोएडा वापसी के विकल्प तलाशने में लगातार लगी हुई थीं। कहाँ से कहाँ तक टैक्सी से जा सकते हैं, उसके बाद की यात्रा किस तरह रेल या बस पकड़कर

पूरी कर ले सकते हैं...रास्ते में कहाँ-किस रिश्तेदार के यहाँ या होटेल में रुकना संभव हो पाएगा–सारे विकल्प सोचे, विचार-विमर्श किया; पर फ़ायदा कुछ नहीं निकला। सब के चेहरे उतर गए। सुब्बाराव ने समझाते हुए कहा-

'आख़िर फ्लाइट्स कब तक बंद रखी जा सकती हैं? इकॉनमी का इतना नुक़सान भारत नहीं झेल पाएगा। आप देखना, हफ़्ते भर के अंदर फिर से शुरू कर देंगे। हम तो वैसे भी मुंबई से हैदराबाद टैक्सी से निकल जा सकते हैं।' फ़्लाइट हफ़्ते भर के अंदर शुरू हो सकने की बात पर किसी को भरोसा नहीं हुआ। सिर्फ़ हफ़्ते भर के लिए फ्लाइट बंद रखने का औचित्य ही क्या था!!

कोविड अब तक दुनिया के कई देशों में फैल चुका था–भले भारत में उसे इतना ख़तरनाक समझा नहीं जाता रहा था कि इस तरह अचानक उड़ानें रोके जाने का अंदेसा पहले से हो पाए। ट्रेन में टिकट मिलने की संभावना तो वैसे भी नहीं थी, पर तलाश वहाँ भी की गई।

'सवाल ही पैदा नहीं होता टिकट मिलने का–मैंने पहले ही बता दिया था।' लतिका दी के बेटे योगेश ने कहा।

सुब्बा की राय में एक तरीक़ा यह भी था कि सारे लोग अभी हैदराबाद चले चलें और वहाँ से टैक्सी से आगे की यात्रा करते रहें–बीच-बीच में किसी पहचान वाले शहर या होटेल में रुकते हुए।

'हैदराबाद जाने से क्या फ़ायदा? टैक्सी से दिन भर चलते और रात को रुक कर अगली सुबह यात्रा करते तो मुंबई से दिल्ली या पटना भी पहुँचा जा सकता है।'–योगेश ने समझाया। वह सुबीर का मौसेरा भाई था और बचपन से ही सुबीर का नज़दीकी था। पर सुब्बा की बातों में एक और अंतर्निहित तथ्य था जो तब कोई पकड़ नहीं पाया। लक्ष्मी की तबियत जिस कारण अचानक ख़राब हुई–वह कारण भी तब किसी को समझ नहीं आया।

सुबीर को घर से काम करने की अनुमति मिली हुई थी। वह चाहता था कि उसके माता-पिता थोड़े दिन रुक जाएँ और पोते से खेलने की इच्छा पूरी करें। पर मीता-प्रवीर का कहना था कि किन्नू से खेलने का अधिकार तो लक्ष्मी-सुब्बा का भी बराबर का है। वैसे भी मीता की बहन, उसके बेटा-बेटी और प्रवीर के भाई-भतीजे का यहाँ से नोएडा जाने का प्रोग्राम बना हुआ था। वहाँ जमावड़ा लंबे समय तक रहने वाला था और उस जमावड़े को लेकर सभी उत्साहित थे।

लक्ष्मी और मीता बिस्तर पर लेटकर ख़ुद को संयत करने की कोशिश में लगी थीं। अनिश्चितता के इस माहौल में किन्नू के पहले जन्मदिन पर उदासी की परत नहीं बिछाई जा सकती थी–उन्हें कल के जश्न के लिए ख़ुद को स्वस्थ कर लेना ज़रूरी था। अंततः 'जो होगा, देखा जाएगा' वाले भाव से मीता ने ख़ुद को संयत किया और कमरे से निकल आकर सोफ़े पर बैठ गईं। फिर दूसरे कमरे में लेटी लक्ष्मी को भी जबरन उठाकर बाहर रिश्तेदारों के बीच बिठा दिया गया। चाय की चुस्कियों के साथ अंदर दबी अनिश्चितता और उदासी को भी पी जाने की कोशिश करते हुए वे सब फिर से गप्पों में मशगूल हो गए।

जन्मदिन की धूमधाम यादगार रही। सुमा-सुबीर के दोस्त और उनके नन्हे बच्चों की, सुबीर के ऑफ़िस के अन्य लोगों के साथ उपस्थिति...और इतनी भीड़भाड़ के बीच भी किन्नू का हँसते रहना, ख़ूब मन से केक काटना, हँसते हुए सब की गोदी में चले जाना, गोद से उतरकर ठुमक-ठुमक चलने की कोशिश में बार-बार लुढ़कना... विडियोग्रफी, कैमरे के फ़्लैश। म्यूज़िक, साज-सज्जा, बर्थडे थीम का चुनाव और कलर-कॉम्बिनेशन–सब क़ाबिलेतारीफ़। किन्नू जल्दी सो जाता था इसीलिए पार्टी शाम सात बजे तक की ही रखी गई थी।

पार्टी से लौटकर सब सोफ़े पर बैठे ही थे कि घर का माहौल अचानक ग़मगीन हो गया। टी.वी. पर प्रधानमंत्री अगले इक्कीस दिनों तक कम्प्लीट लॉकडाउन की घोषणा कर रहे थे। कोई घर से निकल नहीं सकता था, यात्रा नहीं कर सकता था–ऑफ़िस, दूकानें, ट्रेन, बस, हवाईजहाज़, मॉल, सिनेमा, जिम... सब बंद!!

अब? अगले इक्कीस दिनों तक यहीं रहना पड़ेगा? ऐसे ही रहना-खाना, अजस्ट करके सोना पड़ेगा? क्या टूरिस्टों तक को घर लौटने की सहूलियत नहीं दी जाएगी? और अगर वे कार से घर लौट जाने को निकल चुके होते, तब? क्या सड़क पर रुकना पड़ता? खाते-सोते कैसे? होटेल में होते तब? इक्कीस दिनों तक होटेल का बिल दे पाते? सवाल बहुत सारे थे जिनके जवाब देना मुश्किल था। वे सब किसी तरह जबरन मुस्कराते, बतियाते रहे। रमाबाई रात को अपने घर के लिए निकलते समय बोल गई–

'कल से आना तो पॉसिबल नहीं हो पाएंगा।' उसने किन्नू को गले लगाकर चूमा और चली गई। सुमा का चेहरा पूरी तरह उतरा हुआ था। उसने तो जैसे आँसू किसी तरह रोक रखे थे।

सुमा को रात को नींद नहीं आई। प्रधानमंत्री जी की इस तरह अचानक संपूर्ण लॉकडाउन की घोषणा साफ़ तौर पर नाइंसाफ़ी थी–देशवासियों और उससे भी बढ़कर ख़ुद उसके साथ, जिसे अब अचानक बारह लोगों के खाने-पीने, रहने की व्यवस्था इक्कीस दिनों तक करनी थी।

सुबह उसकी नींद जल्दी खुल गई। आज से न तो रमाबाई को आना था, न नैन्सी को। कैसे पकेगा खाना, कैसे होगी सफ़ाई? उसने अपने बेटे की ओर देखा–वह माँ को देखकर हँस रहा था। बदमाश कहीं का! उसी के जन्मदिन पर तो ये सब आए थे देश के अलग-अलग हिस्सों से। अगर यह दो दिन पहले पैदा हो गया होता, तो आज यह नौबत नहीं आती। जन्मदिन मनाकर सब लोग अपने घर वापस लौट चुके होते।

उपहारों के ढेर से कमरा भरा हुआ था। पर सुमा उन्हें खोलकर देखने की उत्सुकता दबा गई।

अब? पहले तो सुबीर को बाज़ार भगाना था ताकि इतने लोगों के लिए पर्याप्त भोजन की व्यवस्था लायक राशन घर में मौजूद रहे। साथ में फल-सब्ज़ी, बुज़ुर्गों की दवा। नहीं, समस्या आर्थिक क़तई नहीं थी। सुबीर अच्छा कमाता था तो ख़ुद सुमा भी–भले वह कई महीनों से पिछली नौकरी छोड़कर घर से ही छिटपुट काम कर रही थी। उसे यह भी तय था कि जहाँ तक संभव होगा–सास-ससुर सारे ख़र्चे ख़ुद ही उठाएँगे, पर दूसरी परेशानियों का अंत किस तरह हो?

सुबीर की नींद भी तड़के ही टूट चुकी थी। वह कुछ ज़्यादा ही परेशान था। कैसे-क्या होगा, कुछ सोच नहीं पा रहा था।

उसने सुमा के उतरे चेहरे की ओर देखा। चचेरे-ममेरे-मौसेरे रिश्ते वैसे भी सुमा की समझ से परे थे। उसने बताया था कि उसके घर बिरले ही कोई मेहमान आता था–यहाँ तक कि सुमा की शादी में भी चचेरे-ममेरे-मौसेरे-फुफेरे भाई-बहन नहीं आए थे।

सुमा को वह बहुत प्यार करता था–उसकी हर कमज़ोरी और बुरी आदतों समेत, जिन्हें उसने अपने घरवालों से छुपा रखा था। सुमा को–जिस पर वह शुरुआत से मरता था–उसने एक जंग में जीता था; भले उस जंग और जीत-हार के खेल का पता उसके घरवालों को नहीं था। सुमा तो अपनी ही जाति और प्रदेश के माधव को डेट कर रही थी–प्यार के कारण नहीं, पारिवारिक कारणों से। यह तो सुबीर को अंतर्राष्ट्रीय स्तर पर होने वाली स्टूडेंट रिसर्च पेपर प्रेजेन्टेशन प्रतियोगिता के लिए

यू.एस. बुलाकर पहले पुरस्कार से नवाज़ा गया, तब जाकर सुमा को लगा कि साथी हो तो ऐसा!! फिर थोड़े-से फ़िल्मी लगने वाले दृश्य उनकी ज़िंदगी का हिस्सा बने जिसमें माधव को बता दिया गया कि सुमा तो सुबीर से शादी करना चाहती है। तब माधव अपना दिल तोड़े जाने के कारण डिप्रेशन में चले जाकर अपने कमरे में बंद हो गया। चिंतित मित्र मंडली किसी तरह चौथे दिन उसे कमरे से बाहर निकाल पाई। उसे समझाया, उसके आँसू पोछे, सुबीर को हाज़िर किया उसके सामने। सुबीर ने कसम खाई कि सुमा अगर माधव का साथ ही चाहती है तो वह बीच में कभी नहीं आएगा...फिर धीरे-धीरे दोस्तों की मध्यस्थता से सब ठीक हो गया। माधव ने बदले हुए परिदृश्य से समझौता कर लिया और जिस दिन कैंपस में सारी मित्र मंडली के सामने सुबीर ने सुमा के ज़िंदगी भर के साथ की घोषणा की–उसने सुबीर को गले लगाकर और सुमा को कंधे पर धौल मारकर बधाई दी। कैंपस की सबसे ख़ूबसूरत और योग्य लड़कियों में से एक, अब सुबीर की हो चुकी थी। उसके बाद कई बाधाओं से पार पाते शादी भी अंततः हो ही गई।

सुमा ससुराल जाती और इस घोषणा के साथ कि वह पति की पसंद का खाना पकाना सीखेगी, ससुराल से लौट आती। फिर उसकी प्रेग्नेंसी की ख़बर से सास इस क़दर इतराईं कि बहू की पसंद और इच्छा पूछ-पूछकर व्यंजन पकाती-खिलाती-पार्सल करती रहीं।

पर ख़ुशबू की इन बयारों के बीच अब चुपके से लू के झोंके घुसे चले आए थे।

सुबीर की लतिका मौसी सोकर उठ चुकी थीं। सुबह की चाय मिलने की उम्मीद लगाए सोफ़े पर बैठी थीं। रोज़ तो मुँह अँधेरे रमाबाई चाय के साथ हाज़िर हो जाती थी, पर आज सुमा अपने कमरे से निकल ही नहीं रही थी। तभी सुबीर कमरे से निकला और मौसी को सोफ़े पर बैठी पाकर उनके पास जाकर बैठ गया। बचपन से उसने मौसी को माँ की तरह ही स्नेहिल, ख़ुद पर जान छिड़कने वाली पाया था। लाड़ में उसने मौसी की गोद में सर डाल दिया तो मौसी ने प्यार से झिड़कते हुए कहा–'अब तेरे बेटे को गोद में बिठाऊँ या ज़िंदगी भर तुझे ही बिठाती रहूँ!' फिर कुछ पल बाद ठिठककर पूछा–

'सुमा चाय कितने बजे बनाती है? तू तो जानता है कि मुझे सुबह उठते ही चाय की तलब लग जाती है।'

'मैं अभी बनाकर लाता हूँ मौसी!' सुबीर उनकी गोदी से उठता बोला–'और फिर, यह घर क्या आपका नहीं है? जब मन हो, ख़ुद बना लिया कीजिए। चलिए, आपको बता दूँ कि रसोई में कहाँ-क्या रखा है...' सुबीर ने मौसी को हाथ से खींचकर उठाया और ले जाकर रसोई में खड़ा कर दिया। मौसी से गप्पें मारते सुबीर ने सबके लिए चाय बना दी और थर्मसों में भर कर रख दी। चाय के कप डाइनिंग टेबल पर ही रख दिए गए। लोग उठते और थर्मस से चाय निकालकर पी लेते। घंटे भर बाद सुमा उतरा चेहरा लिए अपने कमरे से निकली और चाय लेने के लिए हर थर्मस को बारी-बारी उठाया, पर सारे थर्मस ख़ाली थे।

'अरे, तुम्हारे लिए नहीं बची?' मीता भागी आईं। 'मैं बना दूँ?'

'नहीं माँ, आप बैठिए। मैं बना देता हूँ।'–सुबीर जल्दी से बोला।

मौसी की भौंहों पर बल पड़ गए।

चाय के बाद सुबह का नाश्ता बनाने की बारी आई। सुबीर अपनी माँ से यह विचार-विमर्श करने लगा कि क्या पकाया जाए, जो जल्दी से बिना ज़्यादा मेहनत किए बन जाए।

'तुम तो सुबह से रसोई में लगे सबके लिए चाय बना रहे हो। अब सुमा से कहो कि नाश्ता बना दे। उसके बाद जितने में वह किन्नू को नहलाना-खिलाना करेगी, हम सब मिलकर दोपहर का खाना पका लेंगे।'

मौसी से यह सुनते ही घर में सन्नाटा पसर गया। डाइनिंग टेबल के पास खड़ी सुमा वापस अपने कमरे में चली गई। समधन जी का चेहरा उतर गया। वे कुछ कहने को हुईं तो समधी जी ने उन्हें आँखें तरेरते बरज दिया। वे बेटी के पीछे-पीछे उसके कमरे में घुस गईं।

मीता ने स्थिति सँभालने की कोशिश में अपनी दीदी से कहा–

'छोड़िए न दीदी! ये बच्चे जितनी देर लगाएँगे, उसके आधे समय में मैं पका दूँगी।'

अब मौसी का चेहरा उतर गया।

सुमा तो ख़ैर सुबह से ही उलझन में थी। लॉकडाउन जीवन में एक शॉक और उत्सुकता की तरह आया था। कैसे-क्या होगा, ज़िंदगी कैसे गुजारी जाएगी...किन्नू जब बड़ा होगा तो लॉकडाउन और कोरोना वाइरस फैलने के क़िस्से उसे कैसे सुनाए जाएँगे...कि पहले जन्मदिन के अगले दिन से ही पूरा देश बंद हो गया!! वह इन सब

के बारे में इतमीनान से सोचना और उपहारों के डिब्बे खोलकर देखना चाहती थी, पर खाना पकाने का मुद्दा सर पर अटका हुआ था। वह प्रेग्नेंग हुई तब से घर से ही काम करती आ रही थी। इन दिनों उसने जो काम ले रखा था, उसे पूरा करके देने का समय बीता जा रहा था। उसने सोचा था कि जन्मदिन के बाद जैसे ही घर ख़ाली हो जाएगा, वह दिन-रात एक करके काम पूरा कर लेगी। खाना पकाने या किन्नू को नहलाने-खिलाने की ज़िम्मेदारी से तो वह पूरी तरह मुक्त थी ही। रमाबाई के पकाए के अलावा कुछ ख़ास पकाना हो तो सुबीर ख़ुद पकाता था–वह बहुत अच्छा कुक है। मीता ने उसे सब कुछ सिखाया है। खाना पकाना, बटन टाँकना, साफ़-सफ़ाई, घर व्यवस्थित करना.. यहाँ तक कि लोग मीता से कहते रहते थे कि वह तो जैसे भूल गई है कि सुबीर लड़का है, लड़की नहीं!

लक्ष्मी की तबियत अब भी ख़राब थी। दरअसल वह बहुत घबराई हुई थीं। उन्होंने बेटी से विचार-विमर्श किया कि स्थिति कैसे सँभाली जाए।

खाना पकाने की बात पर घर का माहौल तनावपूर्ण हो चुका था। वैसे तो मौसी ने बहुत साधारण बात कही थी और वह भी बहुत प्यार से कि सुमा नाश्ता बना दे; पर यह सुनते ही सुमा, उसकी माँ लक्ष्मी और सुबीर के चेहरे पर जो तनाव फैला, वह अब तक गया नहीं था। सुमा और उसकी माँ कमरे में चली गईं, तब मीता अपनी दीदी के पास जा बैठीं।

उन्हें समझ नहीं आ रहा था कि यह अचानक हुआ क्या?

तभी सुमा अपने कमरे से निकली और ड्रॉइंग रूम के ऐन बीचोबीच खड़ी हो गई। पीछे से उसकी माँ भी निकल आईं। सुमा तमतमाई हुई थी। बिना लाग-लपेट, बिना किसी भूमिका के वह बिफरकर बोली–

'आप सब लोग मुझसे खाना पकाने की उम्मीद लगाए बैठे हैं इसीलिए मैं एक ही बार बात साफ़ कर देना चाहती हूँ कि मुझे खाना पकाना नहीं आता। न तो मायके, न यहाँ इस घर में मैंने कभी कुछ पकाया है। खाना रमाबाई पकाती है या फिर सुबीर। आप सुबीर से पूछ लीजिए।'

'पकाना नहीं आता? कुछ तो आता होगा। इडली, उपमा..या अपनी तरफ़ का कुछ और..' मीता ने आश्चर्य में डूबे प्यार से पूछा।

'नहीं माँ। मुझे तो चाय बनानी तक नहीं आती।'

यह सुनते ही घर में सन्नाटा पसर गया। सभी के चेहरे आश्चर्य में डूब गए।

‘तुम शायद इतने लोगों के लिए पकाने के नाम पर घबरा गई हो...परेशान मत हो, हमसब मिलकर पका लेंगे। पर यह बात तो तुमने कभी बताई नहीं कि तुम्हें पकाना नहीं आता?’ मीता ने बात सँभालने की कोशिश में कहा।

‘कभी पूछा नहीं गया मुझसे, न मुझसे अपेक्षा रखी गई।’ वह दृढ़ और तनी हुई आवाज़ में बोली।

मीता दुविधा में डूबकर कुछ क्षण चुप लगा गईं।

‘तुम भी हमारी तरह मध्यवर्गीय परिवार से हो। हर लड़की पकाना जानती है–कामचलाऊ सही! ठीक कहा तुमने कि हम लोगों की तुमसे किसी तरह की कोई अपेक्षा नहीं रही, न हमने पूछताछ की और अब भी मेरा यही मानना है कि यह तुम पति-पत्नी का आपसी मामला है कि तुम दोनों जीवन कैसे जीते हो। कौन पकाता है, कौन सिर्फ़ खाता है...पर तुम्हें चाय बनानी तक नहीं आती, यह कैसे हो सकता है? सुबीर ने भी कभी यह बात नहीं बताई कि तुम कोई घरेलू ज़िम्मेदारी नहीं उठाती..’ मीता ने कहा।

सुमा, सुबीर, लक्ष्मी, सुब्बा और बाक़ी सब चुप होकर सुमा को देख रहे थे।

मीता घोर सोच में डूब गईं। उनके दिमाग़ में पहली बार बहू की ख़ूबसूरती पर प्रश्नचिह्न लगने लगा। ऐसे कैसे वे उसकी बाह्य सुंदरता से इस क़दर मोहित हो गईं कि शादी से पहले या बाद में कभी कुछ सोच या पूछ ही नहीं पाईं! वे बोलीं–

‘अगर लड़की को घर-बाहर दोनों जगह सारी ज़िम्मेदारियाँ उठानी पड़ें तो हम मानते हैं कि यह उसका शोषण है पर क्या यही किसी लड़के के साथ हो तो यह उसका शोषण नहीं है? तुम दोनों को बराबरी से ज़िम्मेदारियाँ उठानी चाहिए। तुम्हारे पास तो कुक है, हेल्पर है...मेरे पास कुक नहीं रही कभी, तब भी मैंने और प्रवीर ने मिलकर घर की सारी ज़िम्मेदारियाँ सँभालीं... पर तुम्हारा रवैया तो साफ़ तौर पर ग़लत है। कोई खाना पकाना नहीं जाने–यह एक तरह की विकलांगता है जीवन में... सामान्य जीवन जीने में पग-पग की बाधा...अधूरी परवरिश की निशानी है यह तो! क्या तुम घर पर कोई काम करती ही नहीं थी? कोई भी घरेलू या रसोई का छोटा-मोटा काम? कोई अपेक्षा रखी ही नहीं गई तुमसे घर पर, यह कैसे संभव है? शादी तय हो गई तब भी कुछ नहीं सीखा? यह तो सरासर ग़लत है।’

मीता समेत कइयों की नज़र अनायास लक्ष्मी की ओर मुड़ गई।

लक्ष्मी, जो इतनी देर से चुप खड़ी थीं, सुमा को कठघरे में खड़ा किए जाते देख बोल पड़ीं–

'ग़लत क्यों? मेरी बेटी घर के काम करने को पैदा नहीं हुई है। झाड़ू-पोछा, बर्तन-खाना ही करना होता तो आई.आई.टी. में क्यों पढ़ती! असल में...सुमा तो बस पढ़ने में रह गई...ऐसे ही थोड़े आई.आई.टी. में सिलेक्ट हो गई...'

'मतलब?' जवाब देने का मोर्चा अबकी मौसी ने सँभाल लिया–

'आई.आई.टी. में तो हमारे परिवार के दसियों बच्चे पढ़े हैं। लड़के भी, लड़कियाँ भी... तो क्या हमने उन्हें खाना पकाना नहीं सिखाया? सुबीर भी आई.आई.टी. से ही पढ़ा है पर मीता ने उसे ऑफ़िसर माँ-बाप का इकलौता बेटा होते हुए भी सबकुछ सिखाया। उसकी परवरिश इस सोच के साथ नहीं की गई कि बड़ा होकर खाना बीवी से पकवाकर खाएगा...लड़कियों को नीचा नहीं समझने, उनका आदर करने, उनसे बराबरी से बर्ताव करने की शिक्षा देते हैं हम। पर लगता है आपने सुमा की परवरिश इसी सोच के साथ की है कि पति से पकवाकर खाएगी, घर के सारे काम भी उसी से करवाएगी और ख़ुद बैठी रहेगी...'

फिर वे सुबीर से बोलीं–

'क्या कुक नहीं आएगी तो किन्नू को इसी उमर से पित्जा, बर्गर पर पालोगे? या कि नौकरी छोड़ दोगे? या फिर बेटे को नहालाना-खिलाना करके, सुमा के लिए पकाकर तब काम पर निकलोगे? शायद यही करते आ रहे हो तुम, तभी शादी के बाद से लगातार दुबले होते जा रहे हो।'

सुमा और सुबीर का सर झुक गया।

फिर वे मीता की ओर मुड़कर बोलीं–

'ले, बहुत विमेन लिब की बातें करती है न...झेल लिबरेटिड बहू!!'

लक्ष्मी तमतमा गईं।

'हाँ, सब मेरी ग़लती है। सिखाया मैंने कि पति से पकवाकर खाओ। मैं तो आप लोगों की तरह बड़ी ऑफ़िसर नहीं हूँ न जो बड़ी सोच की बन पाती, बड़ी सोच के साथ बच्चे पालती। हाउस वाइफ़ हूँ इसीलिए बेटी को ठीक से पाल नहीं पाई...कुछ सिखा नहीं पाई...'

उनकी आँखों में आँसू आ गए। वातावरण बहुत भारी हो गया। लक्ष्मी और सुमा दोनों अब रो रही थीं। लतिका और मीता यह सोच पातीं कि उनका मूड कैसे ठीक करें उसके पहले ही लक्ष्मी फिर से बोलने लगीं–

'वैसे सच है कि जानबूझकर नहीं सिखाया मैंने कुछ भी। मैं पूरी लाइफ़ पकाती-खिलाती, क्लीनिंग करती-करती फ़िनिश हो गई। तो क्या बेटी को भी वैसी ही लाइफ़ देती? मैंने तो यह सोचा कि न पकाना सीखेगी, न कभी पकाना पड़ेगा...न सफ़ाई ठीक से करना जानेगी, न करनी पड़ेगी...बस पढ़ेगी और ऑफ़िसर बनेगी। कुक रखेगी, क्लीनर रखेगी, गार्डनर रखेगी, तमाम हेल्पर रखेगी, बच्चे के लिए नैनी रखेगी, सर्वेंट रखेगी...बस कमाना आना चाहिए...वह किसी से नहीं दबेगी...मेरी डॉटर किसी से नहीं दबेगी..हसबंड से तो एकदम नहीं। वह श्रीलक्ष्मी नहीं बनेगी... कि कहने को तो ऑफ़िसर की वाइफ हो पर लाइफ़ मेड जैसी हो। घर पर कुक नहीं रख सकती, क्योंकि सास दूसरे का छुआ नहीं खाती...रसोई की सारी सफ़ाई ख़ुद करती है क्योंकि मेड के साफ़ किए बर्तन को दुबारा धोना ज़रूरी होता है... सुबह जल्दी उठती है ताकि घर के बाहर अल्पना बनाकर, पूजा करके तब रसोई में घुसे...दो बेटियाँ पैदा करके नौकरी करेगी? उसकी नौकरी के चलते बेटियाँ बिगड़ जाएँगी, शादी नहीं हो पाएगी, तब क्या होगा??घर पर रिश्तेदार तो आएँगे ही नहीं क्योंकि उनकी हॉस्पिटैलटि करने में बेटियों की पढ़ाई डिस्टर्ब होगी...मैरिज के बाद कज़न, पैटरनल-मैटरनल अंकल-आंटी–सब से रिलेशन द एंड...नो रेलेटिव्स फ्रॉम माई साइड अलाउड इन माई होम...पर तब भी आप लोगों को भूलना नहीं चाहिए कि सुमा इज अ ब्राह्मिन.. यू शुड बी प्राउड टु गेट अ ब्राह्मिन डॉटर-इन-लॉ ऐंड फॉरगेट ऑल हर शॉर्टकमिंग्स...एक ब्राह्मण घर की बेटी आ गई मैरिज करके लोअर कास्ट होम में...दैट शुट बी इनफ़...'

सुब्बाराव का चेहरा काला पड़ गया। मीता ग़ुस्सा दबाती झटके से उठीं और कमरे में चली गईं। प्रवीर उनके पीछे-पीछे कमरे के दरवाज़े तक गए, फिर वापस लौट आकर सबके साथ बैठ गए। सुबीर ठक् खड़ा था और उसके सभी कज़न क्या कहें, क्या न कहें–की दुविधा से सुबीर को एकटक देखे जा रहे थे। कमरे में सन्नाटा छा गया।

...मीता कमरे में लेटी सोच में खोई हैं। सही है, सुमा की परवरिश बहुत अलग तरह से की गई है और उसे ससुराल के संस्कारों से कोई लगाव नहीं; वरना आज वह अपनी माँ को जाति की बात मुँह पर लाते ही बरज देती। क्या सुमा का सिर्फ़ चेहरा सुंदर है, सोच और व्यक्तित्व नहीं? वे सोचती रहीं और भी बहुत-सी बातें... और देर तक पछताती रहीं कि कभी सुमा-सुबीर से घरेलू कामों के बँटवारे को लेकर

कोई पूछताछ नहीं की, इसी कारण बेटा सारी ज़िम्मेदारियाँ अकेला उठाता परेशान जीता रहा। सोच-विचार के बाद उन्हें यह भी लगा कि सुमा शायद अपनी माँ की दबी-कुचली इच्छाओं की आग में जल गई है। इसकी माँ अपने शोषण का बदला बेटी की मार्फ़त लेना चाहती हैं और बेटी को इसमें कुछ ग़लत नज़र नहीं आता।

घर में छिड़ी ख़ुशी की तानें झटके से टूट चुकी थीं। हँसते चेहरे लटके हुए और गाती हुई हवा, ग़म से भारी। हँसी की जो तरंगें इस फ़्लैट में पिछले दो-तीन दिनों से लगातार फैली हुई थीं, अब अचानक जैसे रुदन के इंगितों में बदल गईं। किन्नू की निश्छल हँसी और उसकी बाल हरकतों पर न्यौछावर माहौल बदल कर कठोर, ग़मगीन-सा हो गया।

'देखो भाई, समझने की बात यह है कि देश में लॉकडाउन भले पी.एम. ने आज से लगाया, तुम सब ज़माने से मेंटल लॉकडाउन में जीते चले आ रहे हो।' निशीथ ने सुबीर को छेड़ते हुए कहा। 'इस चीन वाले वायरस के अलावा हमारी सोसाइटी में और दूसरे वायरस भी हैं। हवा नहीं, दिमाग़ में पल रहे हैं पीढ़ी दर पीढ़ी..और सबको जीते-जी ख़त्म किए दे रहे हैं...आज मिल गया न नमूना?'

सही कह रहा है निशीथ। मीता को यह भी लगा कि अगर सुमा की परवरिश अधूरी थी तो उनके बेटे की भी। उन्हें भी बेटे को कुछ सिखाना बाक़ी रह गया था, तभी वह शोषित होता जीता रहा।

मीता सोच से बचने को सो जाना चाहती थीं कि लगा जैसे कोई उनके बाल खींच रहा है। फिर एक नन्हीं कोमल हथेली ने उनके चेहरे को छुआ। 'दादी...दा.. दी..'. किन्नू बिस्तर का किनारा पकड़े खड़ा था और दादी को आवाज़ देकर उठाने की कोशिश कर रहा था। मीता झटके से बिस्तर से उठीं और किन्नू को दुलार से गले लगा लिया। पास खड़े सुबीर ने कहा–

'माँ, चलो नाश्ता कर लो।'

'बन गया इतनी जल्दी? किसने बनाया?'

'निशीथ और मैंने मिलकर बना लिया माँ–इंस्टेन्ट उपमा!'

मीता के अंदर कुछ पिघलने लगा।

'माँ, यह तुम्हारा घर है। मैं, सुमा और किन्नू सब तुम्हारे हैं...लक्ष्मी आंटी जो भी कहें, कहने दो। मैं और तुम उनकी सोच के अनुसार नहीं जी सकते। सुमा अगर

हम सब को प्यार करती है तो कभी न कभी हमें और हमारी सोच को अपनाएगी। तुम मेरी परवरिश पर भरोसा रखो माँ और बेकार में परेशान मत हो...'

'तुम चलो, मैं आ रही हूँ। तुम्हारे पापा के लिए नाश्ते के साथ की ख़ास चाय मैं बना दूँगी।' मीता बोलीं।

सुबीर के पीछे-पीछे किन्नू को गोद में उठाए वे कमरे से निकलने को थीं कि घर में किसी अफरातफरी का अहसास हुआ।

सब्ज़ी काटने की कोशिश में सुमा की उँगली कट गई थी। मीता ने किन्नू को सुबीर की गोद में डाला और भागकर गईं अपने मेडिसिन बॉक्स में डिटॉल खोजने।

(समकालीन भारतीय साहित्य, 2022)

सब कुछ के बावजूद

साल 1985 में एक दिन पिताजी चले गए–अचानक! वैसे नहीं जैसे बीमार या बूढ़े होकर पिता दुनिया से चले जाते हैं और तब हम उनको अपने अंदर-बाहर खोजते, तरह-तरह की तरक़ीबों से दिल बहलाते रहते हैं। सोचते हैं हम कि पिता तो हमारे रक्त-माँस-मज्जा में समाए, हममें ही साँसें लेते होते हैं, तो फिर चले कैसे जाएँगे... वग़ैरह। मेरे पिता तो दरअसल मध्यवय में ही ग़ुम कर दिए गए। जबरन। तब–जब उनकी पारिवारिक ज़िम्मेदारियाँ और उम्र–दोनों बाकी थी। वैसे यह कहना भी ज़्यादती ही है कि उम्र बाक़ी थी। उम्र बाक़ी रहती, तो वे अगवा कैसे हो जाते? लौटकर आ क्यों नहीं पाते? हमारे लिए मर ही क्यों जाते??

पिताजी वकील थे–सफ़ेद शर्ट और काला कोट उनकी पोशाक थी। मुझे नहीं मालूम कि स्याह-सफ़ेद को अलग करने वाले पेशे को अपनाने वाले वे ख़ुद, चरित्र से सफ़ेद थे कि स्याह। पर निश्चय ही वे आम वकीलों से कुछ अलग थे। वे कहते रहते थे कि सफ़ेद शर्ट ही उनका असली चरित्र है। माँ उनकी इस सोच से आजीवन सहमति जताती और बहनें माँ की हाँ-में-हाँ मिलाती रहीं; पर मैं, जो उनके ग़ायब कर दिए जाने के समय किशोरवय था, कभी कोई स्पष्ट विचार प्रकट नहीं कर पाया।

पिताजी एक सुबह घर से अपनी फ़ाइलें लेकर कोर्ट जाने को निकले और शाम को घर नहीं लौटे। उनके लौटने का समय तय नहीं होने के कारण, देर रात तक उनके घर नहीं लौटे होने को लेकर चिंतित होने या उनकी खोज करने को घर से निकल ही पड़ने की किसी को नहीं सूझी। जब रात के ग्यारह बजने को आए, तब नींद से बेहाल माँ सोचने लगीं कि अब तक तो पिता को निश्चित तौर पर घर लौट आना चाहिए था। रात का खाना और रोज़ की दवाइयाँ खाकर अपने ऑफ़िस के कमरे में अगले दिन के केस की तैयारी में डूबे मिलना चाहिए था। ऐसा केवल एक बार हुआ था कि अगले दिन के केस की तैयारी करवाते अपने जूनियर के घर बैठे उसे मुद्‌दे समझाते, वे इतने व्यस्त हो गए कि रात बहुत अधिक हो जाने के कारण

खाना खाकर वहीं सो गए। माँ को लगा कि ऐसा दूसरी बार भी हो सकता था, पर तब पिछली बार की तरह उनका फ़ोन ज़रूर आता। इंतज़ार कर-करके थक चुकी, आशंकित माँ ने आख़िरकार हम बच्चों को नींद से उठाया और समझाया कि स्थिति चिंताजनक है। कहा यह भी कि घर के बेटे यानी मुझे पता करने निकलना चाहिए कि पिताजी आख़िर हैं कहाँ!

हमें उनके जूनियर वकील तनेजा चाचा का ध्यान आया, जो छाया की तरह उनके साथ लगे रहते थे। वे पिताजी के हाथ से फ़ाइलें लेकर ढोते, उनके लिए भीड़ के बीच रास्ता बनाते और दोपहर का खाना, टिफ़िन खोलकर खा लेने की याद भी वही दिलाते। हमने फ़ोन लगाया पर तनेजा चाचा से लैंडलाइन पर बात नहीं हो पाई। उन दिनों हमारे शहर में लोगों के घरों के लैंडलाइन फ़ोन अधिकतर ख़राब ही रहते थे।

शहर छोटा था–इतना छोटा कि घंटे भर के अंदर एक छोर से दूसरे छोर के सभी मुहल्लों तक पैदल पहुँच जाया जा सकता था, पर माँ चाहती थीं कि मैं स्कूटर निकाल लूँ; भले वे मुझे स्कूटर को हाथ लगाने से हमेशा बरजती आई थीं। दरअसल रात बहुत हो चुकी थी और माँ बेतरह घबराई हुई थीं–उन्हें हड़बड़ी थी पिताजी की सलामती की ख़बर जल्द-से-जल्द पा लेने की। पल भर रुककर माँ, मेरी सुरक्षा के ख़याल से, ख़ुद भी स्कूटर की पिछली सीट पर बैठ गईं। लगभग आधी रात का समय, ख़ाली सड़कें और एक पंद्रह साल के किशोर लड़के के हाथों में लगभग नया स्कूटर। हम फर्राटे से निकले।

तनेजा चाचा हमें देखकर घबरा गए–उन्हें लगा कि शायद पिताजी को हार्ट अटैक हुआ है। हमने स्थिति बताई, तब वे और ज़्यादा घबरा गए। उन्होंने सुबह पिताजी को देखा तो था पर अपने केस की सुनवाई टल जाने के कारण वे उनके साथ नहीं रह गए और दोपहर ढले घर लौट आए थे। पिताजी की आज की गतिविधियों के बारे में वे तत्काल और कुछ भी कहने की स्थिति में नहीं थे। उन दूसरे जूनियर वकील को फ़ोन लगाया गया, जो आज पिताजी के साथ थे पर उन्हें भी दोपहर दो बजे के बाद पिताजी की गतिविधियों के बारे में कुछ पता नहीं था।

अब हम आतंकित महसूस करने लगे। तनेजा चाचा की सलाह पर हम उसी समय पुलिस थाने गए और पिताजी की गुमशुदगी की रिपोर्ट यानी एफ.आई.आर. माँ की तरफ़ से लिखवा दी। उसके बाद तनेजा चाचा हमें घर छोड़ने के लिए अपने स्कूटर से हमारे साथ हो लिए।

दोनों बड़ी बहनें जागी हुई और व्याकुल थीं। वे पिताजी के अलावा आधी रात को घर से मेरे साथ निकली माँ और मेरे लिए भी चिंतित-फ़िक्रमंद थीं। तनेजा चाचा हमारे घर बहुत देर, लगभग सुबह होने तक, रुके रहे। माँ भूखी थीं पर माँ को उस रात अपनी भूख याद नहीं थी। घबराहट के मारे उन्हें बार-बार प्यास ज़रूर लग रही थी। वे पानी पीतीं, कुछ पल सँभलतीं, दो-चार वाक्य बोलतीं, फिर रोने लगतीं। सवाल सिर्फ़ पिता के ग़ायब हो जाने का नहीं, तीन बच्चों के संभावित सुनहरे भविष्य के धूमिल हो जाने की आशंका का भी था। पर तत्काल तो एक ही सवाल था–पिताजी को खोज निकालने की तरक़ीबों का। बात पुलिस से शुरू होकर दूसरे शहरों में रह रहे उच्चपदस्थ रिश्तेदारों, ज्योतिषियों से गुज़रती तांत्रिक बाबाओं तक जा पहुँची, जो जाने किस तरक़ीब से बता सकते थे कि ग़ायब हुआ आदमी किस दिशा में कितनी दूरी पर मिल जा सकता है।

लैंडलाइन फ़ोन उन दिनों हर किसी के पास नहीं होता था, पर हमारे पास था। पिताजी को फ़ोन के कारण केस मिलने तथा केस की तैयारी करने में मदद मिलती थी–साथ ही साख बनाए रखने में। उसी लैंडलाइन फ़ोन को घेरे बैठे हम सब, रात भर जागे रहे–पिताजी के मिल जाने की सूचना देते थाने से आने वाले या फिर ख़ुद पिताजी द्वारा अपनी सलामती बताते किए जाने वाले फ़ोन के इंतज़ार में। सुबह हो गई पर कोई फ़ोन नहीं आया। वह सुबह रात में बदली और फिर अगली सुबह में। पुलिस द्वारा ख़ुशख़बरी देते किए जाने वाले फ़ोन का सालों-साल चला इंतज़ार कभी ख़त्म नहीं हुआ, न ही फ़ोन के तार ने कभी हमें पिताजी की आवाज़ फिर से सुनाई।

फ़ोन का तार किन्तु उम्मीदों का तार था, माँ ने उसे कभी कटवाया नहीं।

तनेजा चाचा चले गए, ख़बर मिलने पर ढाँढस बँधाने आए तमाम पड़ोसी-रिश्तेदार-परिचित चले गए पर माँ हम बच्चों समेत उसी चारपाई पर पिता के लौट आने के इंतज़ार में बैठी रह गईं, जिस पर वे सोते थे। उसी चारपाई पर बैठी-बैठी वे बूढ़ी हो गईं पर पिता नहीं लौटे। संभव है वे बाद के सालों में समझ चुकी हों कि वे उसी चारपाई पर बैठी पिताजी का इंतज़ार करती-करती मर जाएँगी, तब भी पिताजी नहीं लौटेंगे।

परदादा, दादा और पिताजी–तीनों देश के स्वतंत्रता संग्राम से जुड़ी उसी पार्टी के साथ थे, जो उन दिनों राज्य और केन्द्र में सत्ता में थी। राज्य के मुख्यमंत्री संभवत: परदादा, दादा और पिताजी को जानते होंगे–ऐसा हमारा अनुमान था। ऐसा ही

अनुमान हमारे रिश्तेदारों, पड़ोसियों का भी था। पटना में ऊँचे पदों पर विराजमान हमारे रिश्तेदारों ने कोशिश करके माँ को मुख्यमंत्री जी से मिलवा दिया, तब यह अनुमान सच साबित हो गया। मुख्यमंत्री जी ने माँ के सामने ही इलाके के एम.एल.ए. को फ़ोन लगाया और मामला जल्द सुलझाने की हिदायत दी। माँ के मन में उम्मीद जग गई। उन्होंने जिलाधिकारी को फ़ोन लगवाकर उनसे भी बात की पर दूसरी ओर से कही जा रही बातों का जवाब उनके द्वारा हाँ-हूँ-अच्छा शैली में दिए जाने के कारण माँ संभ्रम की स्थिति में पड़कर अंदाज़ा नहीं लगा पाईं कि मामला पक्ष में है कि नहीं।

माँ अपने शहर वापस लौट आईं, तब एम.एल.ए. उनसे मिलने आए और कुछ मिनटों की मुलाक़ात के दौरान, किसी पर संदेह हो तो बताएँ, जैसी बातें पूछीं।

हमारा संदेह उस मुक़दमे से जुड़ा था जो पिताजी उन दिनों लड़ रहे थे। शहर के बीचों-बीच बनी महिला कॉलेज की बिल्डिंग और शहर के छोर पर की पचास कट्ठे की ज़मीन की मालकियत का मुक़दमा। वह बिल्डिंग और ज़मीन हमारी पारिवारिक संपत्ति थी। मेरे दादाजी ने देश को आज़ादी मिलने के शुरुआती दिनों में वह बिल्डिंग अपने दोस्त श्रीकृष्ण बरनवाल को दे दी थी कि वे वहाँ लड़कियों का कॉलेज खोल लें, पर इस बारे में कोई कागज़ी कार्रवाई नहीं हुई थी–कम से कम मेरे परिवार का तो यही मानना है। दादाजी का गाँधी जी से गहरा संबंध रहा–व्यक्तिगत मुलाक़ातों का कम, ज़ेहनी यानी कि वैचारिक साम्य का ज़्यादा। जब उस बिल्डिंग के नामपट्ट से ग़ैरक़ानूनी तरीक़े से दादाजी यानी ध्रुव नारायण का नाम हटाकर उस पर बतौर दानकर्ता दादाजी के कारोबारी मित्र श्रीकृष्ण बरनवाल का नाम डाल दिया गया, तब बिल्डिंग दान में देने का दादाजी का यश जाता रहा। विकास की वैचारिक शुरुआत और उस पर की गई ज़मीनी कार्रवाई के पूरे परिप्रेक्ष्य और प्रक्रिया से भी दादाजी का नाम मिट गया, वे शहर में बालिका-शिक्षा के क्रांतिनायक नहीं रह गए–इस बात से पिताजी को गहरा धक्का लगा। पारिवारिक गरिमा और सच की पुनर्प्रतिष्ठा के लिए उन्होंने सभी काग़जातों का अध्ययन करने के बाद कोर्ट की शरण ले ली। बरनवाल परिवार तब तक राजनीतिक रसूख़ वाला परिवार बन चुका था। कॉलेज के बाद अब उनका इरादा शहर के कोने वाली हमारी पचास कट्ठे की ज़मीन पर छोटे बच्चों का नर्सरी स्कूल शुरू करने का था। इस बात की सुनगुन मिलते ही कि हमारी ज़मीन पर दीवारें डाली जा रही हैं, पिताजी परेशान हो गए क्योंकि ज़मीन वे किसी को देना नहीं चाहते थे। वे तो उसे तत्काल बेचकर पैसे ले लेना चाहते थे

ताकि बच्चों की पढ़ाई और शादी के दायित्व-निर्वहन में आसानी हो जाए। पिताजी ने उस जमीन पर हो रहे कंस्ट्रक्शन के लिए स्टे ले लिया। पिताजी बरनवाल परिवार से इतने नाराज़ हो गए कि कॉलेज की बिल्डिंग पर अपना हक सिद्ध होते ही वहाँ चल रहे कॉलेज के लिए उनसे बिल्डिंग का किराया वसूलने या उसे खरीद ही लेने पर उन्हें मजबूर करने के मनसूबे पालने लगे। आख़िर किसी ज़ुबानी बात का कोर्ट के लिए कोई महत्व तो होता नहीं और बरनवाल परिवार किसी भी हालत में यह सिद्ध नहीं कर सकता था कि दादाजी ने वह बिल्डिंग दान में दी। कोर्ट में केस नहीं जीतने की हमें कोई आशंका नहीं थी–वह भी तब, जब हमारे पास बिल्डिंग और ज़मीन के सारे काग़जात थे।

हम समझ नहीं पाए कि बरनवाल परिवार ने दादाजी का नाम कॉलेज के सूचनापट्ट पर दानकर्ता के रूप में क्यों नहीं लिखवाया और क्यों इसे प्रतिष्ठा की लड़ाई मान बैठे, जबकि कॉलेज की मैनेजिंग कमिटी के कर्ताधर्ता तो शुरुआत से वे लोग ही थे। वे कोर्ट में सालों से तारीख़ों पर तारीख़ें लेते रहने में सफल रहे और उनके वकील ने कुछ ऐसे काग़ज़ात भी कोर्ट में पेश किए, जिनके बारे में पिताजी को फ़र्जी होने का संदेह था। पिताजी परेशान तो बहुत थे पर बावजूद सारी विपरीत परिस्थितियों के–एक समय ऐसा लगने लगा कि दो-एक और सुनवाइयों के बाद मुक़दमे का फ़ैसला हमारे पक्ष में हो जाएगा। पर ठीक तभी, पिताजी अचानक ग़ायब करवा दिए गए। माँ जानती थीं, हम बच्चे जानते थे, शहर के लोग भी इस संभावना से इनकार नहीं करते थे–पर साक्ष्य के अभाव में पुलिस नहीं मानती थी कि ग़ायब करवाने में बरनवाल परिवार का हाथ हो सकता है। माँ ने एम.एल.ए. महोदय को पूरा परिप्रेक्ष्य विस्तार से समझा दिया था। वैसे हमारे रिश्तेदार और पड़ोसी दबी ज़ुबान से यह भी कहते थे कि शहर में बरनवाल परिवार के अलावा भी पिताजी के दुश्मनों की कमी नहीं थी और हो सकता था कि किसी और ने बदला लेने की नीयत से पिताजी को ग़ायब करवाया हो–आख़िर उन्होंने कितने मुक़दमे तथाकथित ताक़तवर परिवारों के विरुद्ध लड़े और अपने मुवक्किलों को केस में जीत दिलवाई। पर हम इससे सहमत नहीं हो पाते थे।

पीढ़ियों पुराना नाता होने के बावजूद पिताजी के ग़ायब हो जाने पर जब बरनवाल परिवार ने कोई बयान नहीं दिया, न ही हमारे परिवार से संपर्क करने की कोशिश की, तब हमारा संदेह पुख़्ता होने लगा। पर अब सोचने पर यह भी लगता है कि उस परिवार के पुरुषों से पिताजी की बातचीत तो कोर्ट में केस शुरू होने के समय से

ही बंद थी–माँ भले ही महिलाओं से रस्मी बातचीत का रिश्ता बनाए हुए थीं। थोड़ा अरसा बीत जाने के बाद पुलिस के लिए शहर के नामी वकील का ग़ायब हो जाना कोई अहम घटना नहीं रह गई और कुछ महीनों की खोज निकालने की आधी-अधूरी कोशिशों के बाद पिताजी की फ़ाइल थाने में जैसे बंद ही कर दी गई।

माँ ने पुलिस के सामने पिताजी के आख़िरी दिनों और ख़ासकर ग़ायब हो जाने वाले दिन सुबह घर से निकलने से पहले की गतिविधियों के बारे में इतनी बार बयान दिए और इतनी बार उनसे घुमा-फिराकर वही-वही सवाल पूछे गए कि माँ को लगने लगा कि वे अपना मानसिक संतुलन खो बैठेंगी। पुलिस ऑफ़िसर घर आते, आश्वासन देते कि टीम अलग-अलग दिशाओं में जाकर खोज कर रही है, पुलिस इंटेलिजेंस विभाग की मदद भी ली गई है, पर होता-हवाता कुछ नहीं। मामला अंततः सी.बी.आई. को सौंपकर पुलिस ने हाथ खड़े कर दिए और जैसा कि आम तौर पर होता है, सी.बी.आई. की जाँच-रिपोर्ट का इंतजार सालों-साल बीत चुकने पर भी, आज तक चल ही रहा है। लोग कहते कि हम पहुँच-पैरवी का इस्तेमाल करते हैं तो बरनवाल परिवार रोकड़े का।

माँ बहुत पहले से थकने लगी थीं।

पथराई हुई उम्मीदें, हलक़ में अटका सच, अधूरे विश्लेषणों का निवाला... माँ क्या-क्या निगलतीं?

अगर गाँधी जी विचार थे, इसीलिए कभी नहीं मरे; तो पिताजी जुनून और ज़िद थे अतः माँ को लगता था कि उन्हें भी मारना मुश्किल ही है।

दानी स्वभाव परदादा ने धनी होते हुए भी अगली पीढ़ियों के लिए संपत्ति नहीं छोड़ी। पिताजी को दान की इन कहानियों पर गर्व था किन्तु परदादा की इन्हीं आदतों की वजह से मेरे दादाजी लंदन जाकर वकालत की पढ़ाई करने से वंचित रह गए थे, जबकि वे योग्य और मेहनती थे। ज़िद और ग़ुस्से में दादाजी ने वकालत पढ़ने से ही इनकार कर दिया और कॉलेज प्रफेसर बन गए। पिताजी वकील बने, किन्तु लंदन से पढ़ाई करके नहीं। पिताजी का ज़माना आते-आते वकालत की पढ़ाई करने लंदन जाने का रिवाज़ रहा भी नहीं था।

जब घर पर स्कूटर नहीं था तब पिताजी रिक्शे से कोर्ट जाते थे। स्कूटर ख़रीद लेने के बाद भी वे अधिकतर एक ख़ास रिक्शेवाले के साथ ही कोर्ट जाते, जो दिन-

भर उनके साथ बना रहता। वह रिक्शावाला उनके ग़ायब होने के चार-पाँच दिनों पहले से नज़र नहीं आ रहा था और बाद में भी कभी नहीं लौटा। वह होता तो बता देता कि उस दिन पिताजी कहाँ-कहाँ गए। बाद में हमें लगा कि शायद रिक्शावाला साज़िशन, इनकार करने पर अंजाम भुगतने की धमकी देकर, कहीं भेज दिया गया होगा या किसी ख़ास रक़म में बिक गया होगा।

माँ ने किन्तु उम्मीद नहीं छोड़ी, न ही सिंदूर लगाना बंद किया–वे अपने ज़ेहन में पिताजी को ज़िंदा रखना चाहती थीं। इससे उन्हें कई सामाजिक सहूलियतें मिलीं तो असुविधाएँ तमाम हुईं। पिताजी का मृत्यु प्रमाणपत्र नहीं बनवाने के कारण वे बैंक अकाउंट अपने नाम करवाकर पैसे नहीं निकाल पाईं और आर्थिक परेशानियाँ झेलती जीती रहीं। पिताजी के ग़ायब हो जाने के सात साल बाद क्या, तमाम उम्र बीत जाने के बाद मन मारकर आख़िरकार माँ ने पिताजी का मृत्यु प्रमाणपत्र बनवाया। उसके बाद पिताजी के सभी बैंक अकाउंट, माँ और मेरे संयुक्त नाम से करवा लिए गए। माँ का यह क़दम मुझे दो कारणों से महत्वपूर्ण लगा–पहला यह कि पिताजी के जीवित नहीं रहे होने को अंततः उन्होंने स्वीकार लिया और दूसरा कि अपनी मौत के बाद होने वाली परेशानियों से मुझे बचा लिया।

दरअसल दादाजी की असमय मृत्यु के बाद पिताजी ने ही अपने छोटे भाई-बहनों को पढ़ाने और ब्याहने की ज़िम्मेदारी निभाई, इस कारण उनके पास अपनी संतानों के लिए पर्याप्त पैसे कभी नहीं रहे। पिताजी को उम्मीद थी कि जिन भाइयों पर पैसे ख़र्चे हैं, समय आने पर वे हम बच्चों की ज़िम्मेदारी निबाहेंगे पर भला हो माँ की व्यावहारिक बुद्धि का, कि उनको ऐसी कोई उम्मीद कभी नहीं रही। पिताजी ग़ायब हो गए तब सिर्फ़ छोटी बुआ जबरन अपनी कमाई से कुछ रुपये हर माह भेज देती रहीं। माँ को दहेज में मिले रुपये उनके निजी अकाउंट में थे, वही उपयोग में आते रहे और घर के चाँदी के बर्तन तब तक बिकते रहे, जब तक बड़ी दीदी ने ग्रैजुएशन करके स्कूल में नौकरी न कर ली। दीदी के नौकरी में आते ही माँ ने छोटी बुआ को पैसे भेजने से मना कर दिया। इस तरह हमारे परिवार की नैया किसी तरह तैरती रह गई और दसेक सालों के भीतर हम तीनों बच्चे नौकरी में आ गए। शादी की उम्र पार करती जाती दोनों दीदियों की शादी की चिंता और गृहस्थी चलाने की तमाम जद्दोजहद के बीच पिताजी द्वारा शुरू किया गया मुक़दमा किसी जूनियर वकील द्वारा बेमन से लड़ा जाता रहा, अगली सुनवाई की लंबी-लंबी तारीख़ें पड़ती रहीं और व्यावहारिक रूप में संपत्ति हमारे हाथ आज तक नहीं आ पाई। जाने कौन-कौन-से

नए-नए काग़जात बरनवाल परिवार कोर्ट में पेश करते रहे और मामला लटकता का लटकता रह गया।

सालों तक किसी न किसी जोशीले पत्रकार को याद आ जाता रहा कि पुलिस एक शरीफ, इज़्ज़तदार, दूसरों की मदद के लिए हमेशा प्रस्तुत रहने वाले परिवार के शहर के नामी वकील को ग़ायब हो जाने पर खोज नहीं पाई और वह केस का अपडेट लेने हमारे घर आ धमकता। 'हमारी लड़ाई सैद्धांतिक है। हमें परिवार की खोई प्रतिष्ठा वापस लाने की फ़िक्र है।'–ऐसे बयान माँ स्टोरी कवर करने आए पत्रकारों को देतीं। 'आपने तनेजा जी की मार्फ़त केस क्यों नहीं लड़ा?' वे पूछते। 'तनेजा जी के व्यक्तिगत कारण रहे होंगे...मैं नहीं चाहती कि उनका परिवार किसी मुसीबत में फँसे। पर यह नहीं कि हमने केस छोड़ दिया। हर पेशी पर एक वकील की मार्फ़त सुनवाई करवाते हैं।'–माँ कहतीं। 'हमें न तो पुलिस से वास्तविक मदद मिली, न उन लोगों से, जिनकी मदद पीढ़ियों से हमारा परिवार करता आया था। ससुर जी, दादा ससुर जी और परदादा ससुर जी ने जाने कितने ग़रीब परिवारों की आर्थिक मदद की। आज वे सब अच्छी औक़ात वाले लोग हैं, तब भी सामने आने और हमारी मदद करने से डरते हैं। इस देश में राजनीति से जुड़े परिवार से लोहा लेने की औक़ात किसी मध्यवर्गीय परिवार में बची नहीं रही, यह सच क्या आपको नहीं मालूम!' हम माँ को कहते सुनते।

तब भी दीदियों और मेरी शादी तक किसी ने उम्मीद छोड़ी नहीं थी। बहुत संभव था कि पिताजी बाराती, भिखारी या साधू का भेस धरे बच्चों की शादी देखने और आशीर्वाद देने आ जाते!! पर या तो वे आए नहीं; या आए, पर हम उन्हें पहचान नहीं पाए।

यहाँ तक कि साल बदलता-बदलता 2019 आ पहुँचा। मैं दिल्ली में नौकरी करने लगा और माँ मेरे साथ ही रहने लगीं। तभी एक दिन हमारे घर एक युवा लड़का जावेद, अपने मध्यवय पिता असलम अली जी के साथ हमारा फ़्लैट खोजता चला आया। अतीत में हमारे पूर्वजों से सहायता पा चुका वह परिवार अब गाँव छोड़कर हमारे पुराने शहर में हमारे ही मुहल्ले में आ बसा था। उन्होंने हमसे एक ख़बर साझा की, जिसे सुनकर हमारे पाँवों तले की ज़मीन एक बार फिर से खिसक गई।

हमने शहर का अपना मकान बेचा नहीं था। शहर छोड़ देने के शुरुआती दौर में हमें लगता था कि अगर वह मकान बिक गया और पिताजी अज्ञातवास से अचानक लौट आए, तो हमसे मिल कैसे पाएँगे! नब्बे के दशक में इंटरनेट और

सोशल मीडिया आ जाने के बाद किसी से संपर्क साध लेना मुश्किल नहीं रह गया, पर मकान नहीं बेचने का यही बहाना हम बनाए रहे। असल बात यह थी कि मकान पिताजी की निशानी और याद था। मकान बिक जाता तो यादें सहेजना मुश्किल हो जाता। मकान बिक जाता तो शहर में बचा-खुचा रसूख भी बिक जाता। इन्हीं कारणों से माँ मेरे साथ रहती हुई भी मकान में साफ़-सफ़ाई करने और पेड़ों को पानी देने को अपनी पुरानी सहायिका को रखे रहीं और बीच-बीच में वहाँ चक्कर भी लगाती रहीं। ज़रूरत पड़ने पर घर की मरम्मत करवातीं और गर्मी की छुट्टियों में सभी नाती-नतनियों-पोते को वहीं न्योत कर घर गुलज़ार कर लेतीं।

जावेद बता रहा था कि हमारे घर की बाउंड्री वॉल एक चौथाई तोड़ी जा चुकी है और ऐसा लगता है कि मकान पर कब्ज़ा करने की नीयत से कोई ठेकेदार अपने मजदूरों को साथ लिए रोज़ वहाँ चक्कर लगाता है। साफ़-सफ़ाई के लिए आने वाली सहायिका अब वहाँ आती-जाती नहीं दिखती। मैंने छुट्टी ली और माँ को साथ लेकर निकल गया। हमारा अहाता बहुत बड़ा था। उसमें जगह इतनी ज़्यादा थी कि छह कमरों के घर के अलावा, सामने की तरफ़ बड़ा बाग़ीचा था, तो पिछवाड़े किस्म-किस्म के पेड़-पौधों की बहुतायत। जब हम आर्थिक परेशानियों से दो-चार हुए, माँ परिवार के लिए सारी फल-सब्ज़ियाँ वहीं उगाती रहीं।

बाउंड्री वॉल किसने तुड़वाई, कौन ठेकेदार वहाँ आता है रोज़–किसी पड़ोसी ने नहीं बताया। कारण हम समझ गए। तब भी जावेद और अली चाचा हमसे मिलने नियमित आते रहे और उनकी ही मदद से हमने अनजान व्यक्तियों के खिलाफ़ पुलिस में रिपोर्ट लिखवाने, तस्वीरें ले लेने और आवश्यक क़ानूनी दस्तावेज़ इकट्ठा करने के बाद तोड़ दी गई बाउंड्री वॉल फिर से बनवा ली। मैं दसेक दिनों के बाद माँ को पड़ोसियों और जावेद परिवार के भरोसे छोड़कर दिल्ली लौट आया। जावेद इंजिनियर था और उसके पिता सामाजिक कार्यकर्ता। धीरे-धीरे सब सामान्य लगने लगा। जावेद परिवार से माँ की दोस्ती इस क़दर गहरा गई कि माँ को लगने लगा कि वे उन्हें ही घर की चाबी सौंपकर वापस दिल्ली लौट आ सकती हैं। यह सुनकर मैंने माँ का हवाई टिकट जावेद को भेज दिया और वह उसका प्रिंट निकालकर माँ को दे आया। माँ की दिल्ली वापसी वाली सुबह से पहले जावेद की माँ यानी शहला चाची ने माँ को रात के खाने पर बुलाया। असलम चाचाजी के घर लौट आने का इंतज़ार हो रहा था कि अचानक जावेद के मोबाइल की घंटी बजी। फ़ोन सुनकर वह पसीना-पसीना हो गया।

उसके दोस्त ने ख़बर दी कि असलम चाचा को उसकी नज़रों के सामने कोई जबरन कार में बिठाकर कहीं ले गया। अब चाचाजी का मोबाइल बंद आ रहा था। जावेद ने कार के बताए गए नंबर के आधार पर पता करने के इरादे से थाने का रुख़ किया पर नंबर फ़र्ज़ी निकला। फ़ोन के स्विच ऑफ होते ही चाचाजी का लोकेशन ट्रैक करना मुमकिन नहीं रह गया और मामला पुलिस की मर्ज़ी पर आश्रित हो गया।

घर में मुर्दनी छा गई। क्यों, किसने, कैसे...जैसे शब्दों और लगातार बह रहे आँसुओं के बीच माँ वापस कैसे लौटतीं? टिकट के पैसे बर्बाद हो जाने की चिंता मुझे नहीं थी, पर जिस परिवार ने हमारे घर को क़ब्ज़ा कर लिए जाने से बचाया और माँ को भावनात्मक सहारा दिया, उस परिवार का मुसीबत में पड़ जाना हमें बेतरह खल रहा था। मैं और माँ दोनों चिंतित थे, मदद करना चाहते थे। मैं फिर से छुट्टी लेकर चल दिया।

बरनवाल परिवार के सदस्य अब सक्रिय राजनीति में थे, सत्तासीन पार्टी से जुड़े थे और मकान ख़रीदवाने-बिकवाने के धंधे में बिचौलिए का काम भी करते थे। शहर में उनका आतंक था और उनके विरुद्ध मुँह खोलने की सज़ा मार-पीट से लेकर जान ले लिए जाने तक हो सकती थी। हमें लगा कि अगर वे इस वाक़ये का कारण हो सकते थे तो मदद भी वे ही कर सकते थे! यही सोचकर शहला चाची उन लोगों से मिलकर मदद की गुहार लगा आईं। हमने अपने घर की बाउंड्री वॉल तोड़े जाने वाले मामले में अनजान लोगों के विरुद्ध थाने में रपट लिखवाई थी, पर अली चाचा इतनी गवाही तो दे ही सकते थे कि जो ठेकेदार आसपास घूमता नज़र आता था, वह किस पार्टी से जुड़ा आदमी था! मैंने आजिज़ी से माँ से कहा कि ऐसे माहौल में जावेद परिवार को हमारा मकान बचाने के लिए सामने आने की ज़रूरत ही क्या थी? वे चुप रह जाते, मकान पर कब्ज़ा हो जाता, हम मन मसोसकर चुप रह जाते पर उनका परिवार तो बर्बादी से बच जाता! मेरे मुँह से यह सुनकर माँ बहुत नाराज़ हुईं। जावेद के परदादा के ज़माने से उसके परिवार का हमारे परिवार से मेलजोल था–भले बीच के सालों में कोई संपर्क नहीं रह गया। जावेद और मेरे परदादा साथ ही रोज़ा रखते, साथ ही होली-दीवाली मनाते थे। माँ से यह सुनकर ख़ुश होने की बजाय मैं चिंतित हो गया। आज के माहौल में ऐसी कहानियाँ कुछ ताक़तवर लोगों को नागवार गुज़र सकती थीं, उनके मुँह का स्वाद बिगाड़ सकती थीं और दोनों परिवार ख़तरे में पड़ जा सकते थे। 'तुम बेवज़ह ऐसे ख़याल पाले हुए हो'–माँ ग़ुस्से से बोलीं–'कोई परिवार हमारी आँखों के सामने मुसीबत में फँस गया, तो मदद करनी

नहीं बनती? लोग क्या सोचते हैं, सत्तासीन पार्टी क्या सोचती है, क्यों सोचती है, क्या करती है, इससे हम आम लोगों को क्या?!'

मैंने माँ की बात से शर्मिंदा होकर अपने सूत्र तलाशने शुरू किए। लोगों से जैसे-जैसे बात होती गई, मेरी निराशा बढ़ती गई। यहाँ तक कि दिल्ली में पदस्थापित हमारे आई.ए.एस. रिश्तेदार अली चाचा और जावेद का नाम सुनते ही कह बैठे–'तुम्हें लगता है कि मैं गृह मंत्रालय में इनके लिए बात कर सकता हूँ?' मैं समझ गया, पर माँ तब भी नहीं **समझीं**।

औक़ात भर कोशिशें जारी रखते भान हुआ कि हमारी औक़ात तेज़ी से चुक जाने वाली है।

माँ, शहला चाची के पास बैठकर उन्हें सांत्वना देने की कोशिश करतीं। चाची को लगता कि शौहर ज़रूर मिल जाएँगे–आख़िर थाने वालों से लेकर पुलिस इंटेलिजंस, विजिलंस, देश के सारे राजनीतिज्ञ धर्मांध थोड़े थे, न ही पूरा तंत्र भ्रष्ट था। उनके चचाजान एम.एल.ए. थे, माइनोरिटी कम्युनिटी को रेप्रिजेन्ट करते थे और ऊपर तक पहुँच रखते थे।

मैं उन्हें हतोत्साहित करना नहीं चाहता था। कहता यही रहता था कि अल्लाह की मर्ज़ी हुई तो चाचा ज़रूर मिल जाएँगे; पिताजी नहीं मिल पाए, तो क्या! पिताजी के लिए नहीं रही होगी राम की मर्ज़ी, पर चाचा के लिए अल्लाह की हो सकती है न! अल्लाह और ईश्वर के इन उलझे समीकरणों में मैं जैसे ही पड़ता, जावेद मुझे अज़ीब नज़रों से देखता और चुप लगा जाता। वह अंदर गहरे तक उदास था, स्थिति की पेचीदगियाँ समझ रहा था, पर तब भी अभिनय नहीं समझने का करता रहता था। मैं उससे नज़रें मिलाने से बचने लगा।

छुट्टियाँ समाप्त हो गईं–कितने दिन रुकता और माँ को उस माहौल में अकेले कैसे छोड़ता! मैंने माँ को समझाया कि हमें वापस जाना पड़ेगा, वैसे भी यहाँ रहते हम जावेद के लिए कुछ नहीं कर पा रहे। दिल्ली जाकर फिर से सूत्र तलाशेंगे और मदद की कोशिश करेंगे। माँ ने मुझे हिक़ारत भरी नज़रों से देखा, पर जब जावेद ने माँ को समझाया कि उन्हें चले ही जाना चाहिए क्योंकि वह इन हालात में उनकी सुरक्षा की ज़िम्मेदारी नहीं ले सकता, सोच-विचार के बाद माँ वापसी के लिए तैयार हो गईं। पुलिस अधिकारियों के भ्रामक बयानों और उलझी-संदेहास्पद कार्रवाइयों के मद्देनज़र हमारा संदेह यक़ीन में बदलता जा रहा था कि हो-न-हो, हमारे घर की दीवार तोड़े जाने, असलम चाचा के हमें पुलिस थाने ले जाकर रिपोर्ट लिखवाने और

फिर उनके ग़ायब करवा दिए जाने में कोई सूत्र जुड़ा है।

हमने सोचा कि शहर में आए हैं तो एक बार महिला कॉलेज की बिल्डिंग को भी देख ही लें। हम दिल कड़ा करके गए और सड़क पार से दूर खड़े, देर तक देखते रहे वह बिल्डिंग, जिसमें दादा-परदादा की तमाम यादें बसी थीं। चार मंज़िल, चालीस कमरे, लंबे बरामदे, आगे-पीछे फुटबॉल मैदान से भी बड़ा अहाता, पचासों साल पहले लगाए गए छाँहदार पेड़...रंग-रोगन होते रहने और मैदान में टेनिस कोर्ट, छोटी बिल्डिंगें, लैब, रिसेप्शन वग़ैरह बन जाने के कारण वह अब पहले वाली पुरानी बिल्डिंग नहीं रह गई थी। सड़क पर खड़ी होकर उस बिल्डिंग को देख रही माँ, अपने अंदर के अंधड़ों से दो-चार होती, उसाँसें लेकर बोलीं–'वे (बरनवाल परिवार) कहते रहे हैं कोर्ट में कि तुम्हारे दादाजी उन्हें यह बिल्डिंग लिखित तौर पर दान में दे चुके थे, पर वह काग़ज अगर सच होता, तो क्या इन्हें (पिताजी को) पता नहीं होता? उस दान वाले काग़ज की कॉपी बार-बार माँगने पर भी हमारे वकील को दी क्यों नहीं जा रही? कौन था वह जो तुम्हारे दादाजी के जाली हस्ताक्षर कर सका? हमसे तो पुराना पारिवारिक संबंध था, इन्हें (पिताजी को) पहले ही दिखा देते सारे काग़ज़ ताकि बात कोर्ट-कचहरी तक पहुँचे ही नहीं और लिख देते दानकर्ता के रूप में तुम्हारे दादाजी का नाम...लिखने से पीछे क्यों हटे? यह कैसा खेला है, जिसका कोई ओर, न छोर?'

मैं निर्विकार माँ की आँखों के आँसू देख रहा था। पिताजी नहीं रहे, तब से मैं अपने आँसू पीना सीख़ चुका था और अब तो आँसू पीने की नौबत आती ही नहीं, क्योंकि सारे आँसू सूख चुके। पर उस पल लगा कि काश अभी मेरी आँखों में भी नमी होती तो माँ को कितना सुकून मिलता! पर मैं अब और कोई लफड़ा नहीं चाहता ज़िंदगी में। मैं आजिज़ आ चुका हूँ तमाम परेशानियों और कोर्ट केस से। मुझे अतीत के गौरव की रक्षा नहीं करनी, नहीं लेनी कोई ऐसी संपत्ति जो चार दशकों तक ख़ून सुखाकर मिली हो!

माँ की इच्छानुसार हम उस ज़मीन को देखने भी गए, जहाँ बरनवाल परिवार द्वारा नर्सरी स्कूल खोला जाना था। कोर्ट का फ़ैसला नहीं आया तो न हम ज़मीन बेच पाए, न बरनवाल परिवार वहाँ नर्सरी स्कूल खोल पाया इसीलिए जमीन निर्जन, उजाड़ पड़ी थी। वहाँ मिले तो बस काँटेदार पेड़ और मजदूरों द्वारा प्लास्टिक की शीटों से बनाए गए अस्थाई घर! माँ के अंदर का उजाड़ जाने कैसे हरियाकर बाहर उछल आने लगा। वे तमाम तरह की बातें करने लगीं, जिनमें हम फिर से इसी शहर में आ बसे थे और ठीक इसी जगह बच्चों का स्कूल खोल रहे थे। मैं ऊब गया।

माँ क्या, शायद मैं और मेरा बेटा दोनों इस दुनिया से चले जाएँगे, तब तक चलता रहेगा कोर्ट में केस।

संभव था, हम अपने घर को आख़िरी बार देख रहे थे। यह बात माँ से सीधे तो नहीं कही मैंने पर यह ज़रूर कहा कि घर से जो लेना चाहें, ले लें। माँ ने दीवारों पर लगी तस्वीरें, फ्रेम से निकालकर रख लीं। उन तस्वीरों में पिता थे, वे ख़ुद थीं और था हमारा बचपन। पिताजी ने जो पेड़ अपने हाथों लगाए थे, माँ ने उनकी नन्हीं डालियाँ तोड़कर बक्से में रखीं, साथ ही रखीं पिताजी की लाई वे चार-पाँच साड़ियाँ–जिन पर चाँदी के तारों से बेल-बूटे कढ़े थे। स्टोर रूम के तहखानों से चाँदी-पीतल-काँसे के बचे-खुचे बर्तन जब उन्होंने निकाले तो मैं चौंक गया। ये तहखाने मैं पहली बार देख रहा था। उसके बाद माँ ने अपने बेडरूम के फर्श को एक किनारे से तोड़ा और सोने-चाँदी के छोटे-छोटे साँप, मछली वग़ैरह की निरर्थक खोज करती परेशान होती रहीं, जो शिलान्यास के समय वहाँ गाड़े गए थे। वे हताश होकर अपने बेडरूम की उसी खिड़की के पास अपने अंदर ग़ुम बहुत देर तक खड़ी रहीं–जहाँ से पूरा बाग़ीचा और शाम को पिताजी को रिक्शे से उतरकर घर घुसते देखा करती थीं। उन्होंने चारों ओर नज़रें घुमाईं और उसाँसें भरीं–अब घर की दीवारों पर से पिता ग़ायब थे पर मेरे जाने तो सच्चाई यही थी कि पिता अरसे पहले ग़ायब हो चुके थे, भले माँ उनकी तस्वीरें दीवारों पर टाँगकर उन्हें घर में उपस्थित समझती रही थीं। मैं कहने को हुआ कि क्यों न पिताजी का एक औपचारिक श्राद्ध...पर शब्द मुँह से निकाल नहीं पाया। जिस दिन पिताजी का मृत्यु प्रमाण-पत्र बनवाया गया, उनका अनौपचारिक श्राद्ध हमारे मन में हो चुका था, पर जाने किन रस्मों के तहत माँ की माँग में सिंदूर की नामालूम रेख अभी भी बाक़ी थी... और अब तो, अगर ज़िंदा रहे होते, तब भी पिताजी पचासी साल के बूढ़े हो चुके होते और उनके जीवन का अंत पास ही होता। ज़िंदा होते तो ज़रूर वेश बदलकर इस शहर में चक्कर लगाते और हमारे बारे में जानने की कोशिश करते...क्या यह संभव है कि वे सचमुच आते हैं वेश बदलकर अपने नाती-पोते-नतनियों को देख़ने, पर हम उन्हें चीन्ह नहीं पाते?

मैंने सोच पर लगाम कसी और निकलने से पहले माँ को लेकर शहला चाची से मिलने चला गया। वे दोनों माँ-बेटे सर पर हाथ रखे उदास बैठे थे। माँ ने शहला चाची और जावेद को बाँहों में समेटकर सीने से लगाया तो मैं भी उनमें शामिल हो लिया। एक-दूसरे को बाँहों से घेरे हम चारों की आँखों से आँसू बह रहे थे–साझा दुख से। मैं माफ़ी माँगना चाहता था–उन सब कुछ के लिए जिनके होने में मेरी कोई

प्रत्यक्ष भागीदारी नहीं थी–आपसी मन-भेदों से लेकर धर्मांधों की टुच्ची हरकतों तक पर मुझे समझ नहीं आया कि मैं, जावेद और शहला चाचीजान से माफ़ी माँगूँ कैसे! यह कैसा माहौल था जहाँ सत्ता की मीनारें ऊँची होती जा रही थीं पर दो धर्मों के लोगों के आपसी रिश्ते, भावनाएँ, स्नेह-सौहार्द धराशाई? मुझे लगता था कि एक परिवार ने नाक की लड़ाई के लिए हमारे परिवार का सब कुछ छीन लिया था–ज़मीन, घर, अतीत का पारिवारिक गर्व!! पर जावेद के परिवार का? क्या हम सब ने मिलकर उनका भी सबकुछ छीन नहीं लिया था? हम संपत्ति-सम्मान छिन जाने पर भी इतने सुरक्षित तो थे कि भविष्य के सपने देख सकते थे पर क्या जावेद की ज़िंदगी का सच भी यही हो सकता था?

मुझे पता नहीं था कि भविष्य में हम कभी फिर से मिल तक पाएँगे या नहीं! हमारे घर के बाद कहीं उनका घर टूटने की बारी तो नहीं थी?

'कोई मुसीबत पड़े तो हमारे पास दिल्ली आ जाना।' माँ ने टूटे स्वर में कहा। 'हमारे दिल अब भी तुम लोगों के लिए वैसे ही खुले हैं जैसे तीन पीढ़ी पहले थे। पिछली पीढ़ियाँ हमारी तरह मज़बूर नहीं थीं, मदद की उन्होंने, पर हम नहीं कर पा रहे...उल्टे तुम लोगों पर मुसीबतों का पहाड़ लाद कर जा रहे हैं। हमारा घर टूटे, तब भी चिंता मत करना, अपने अब्बाजान को खोजने में ही लगे रहना। मुझे अफ़सोस है कि नेकी के बदले में तुम लोगों का इतना नुक़सान...' माँ की आँखों से लगातार आँसू बह रहे थे।

'चचीजान, मैं जानता हूँ कि आप दोषी नहीं हैं...' जावेद ने रुँधे गले से कहा।

'राम करे, वे जल्दी मिल जाएँ।' माँ ने आँसू पोछते हुए कहा।

'आमीन। रब् ख़ैर करे।' चाची लगातार रोती हुई कह रही थीं।

हम चारों एक-दूसरे की बाँहों से आज़ाद होकर कुर्सी पर बैठ गए, पर तुरंत उठ खड़े भी हुए क्योंकि मुझे और माँ को निकलना था।

'पिताजी अब नहीं लौटेंगे।' मैंने माँ से बहुत पहले कह दिया था, पर तब वे मानी नहीं थीं।

'तुम्हारे अब्बू अब कभी नहीं लौटेंगे।' मैं दिल कड़ा करके जावेद से कह देना चाहता था, भले वह मानता नहीं।

'अब्बू लौट आएँगे अम्मी! आप इत्मीनान रखें। इतिहास हमेशा ख़ुद को दुहराता नहीं है।' हम उनके घर की देहरी लाँघ रहे थे, तब जावेद के शब्द कानों में पड़े।

'भाईजान, अब्बू मिल जाएँगे, तब फिर मुलाक़ात होगी। मैं हार नहीं मानूँगा–यहाँ

से दिल्ली तक गुहार लगाकर, अब्बू को किसी न किसी तरह खोज निकालूँगा। मेरे साथ आप सब हैं और अब्बू की संस्था के सारे कार्यकर्ता मुहिम चलाने को तैयार बैठे हैं। मुझे पूरा भरोसा है कि...सत्ता की नीतियाँ हमारा–आपका दिल बदल डालने में सक्षम नहीं हो पाएँगी।' जावेद नम आँखों से मुझसे हाथ मिलाता, मुझे समझाता हुआ-सा कह रहा था।

मैं ठक खड़ा हो गया। एक दुर्निवार भावना के वशीभूत। जावेद कुछ कर गुज़रेगा, वह रुकेगा या मेरी तरह थकेगा, थमेगा नहीं। जावेद हार नहीं मानेगा–अपने विद्रोह में उगेगा और फ़ैल जाएगा अपने लक्ष्य तक।

मैं अपनी और जावेद की सोच की जितनी तुलना करता, मेरी शर्मिंदगी उतनी ही बढ़ती जाती। अगर माँ यहीं रह गई होतीं, तो चाची के लिए कितना अच्छा होता! वह अपने दिल में बची उम्मीदों के दीपों की क़तरा भर रोशनी चाची तक पहुँचाती रहतीं। शायद सही यही होता कि मैं छुट्टी बढ़ाकर मदद की कोशिश ज़ारी रखता! इस अपराधबोध में घिरने की बजाय तब मैं...क्यों न अब भी मैं...अगर, शायद, किन्तु, संभवत:...आती-जाती सोच में, अंदर उग रहे इन खयालों का मतलब क्या रह जाता था जब वास्तविकता में मैं, माँ को साथ लेकर एयरपोर्ट जाने के लिए टैक्सी में बैठ चुका और टैक्सी सब कुछ पीछे छोड़ती तेज़ी से आगे बढ़ती वली जा रही थी!!

पर नहीं, टैक्सी भले आगे बढ़ती जा रही थी, मेरा दिल वापस शहर की ओर लौट रहा था। किसी जादू से मुड़ रहा था बचपन के शहर, पारिवारिक सम्मान की रक्षा और जावेद की मदद की ओर। मेरे दिल में भी संघर्ष करके अपने घर, शहर की उस बड़ी बिल्डिंग, कोने वाली जमीन को किसी तरह वापस पा लेने का जज़्बा पैदा होकर तेज़ी से बड़ा होने लगा। मैं मन-ही-मन खड़ा होने लगा जावेद के संघर्ष के साथ, सच के पक्ष में...चचाजान की वापसी और अपने कोर्ट केस की जीत के लिए।

'माँ, हम वकील बदल लेंगे। हम हार नहीं मानेंगे–वरना तुम नाती-पोते को क्या जवाब दोगी? तुम दिल्ली से जल्दी ही जावेद और शहला चाची के पास वापस लौट आना। लौटूँगा मैं भी क्योंकि उन दोनों को अकेला नहीं छोड़ा जा सकता... तनेजा चाचा से मशविरा करना एक बार...' मुझे ख़ुद पता नहीं चला कि मैं आख़िर यह सब क्या कहता जा रहा था कि माँ की आँखें एकाएक ख़ुशी और उत्साह से चमकने लगी थीं।

(कथादेश 2024)

अब तुम्हारा नाम क्या है बिट्टू?

ऑफ़िस में सब को उन चारों की आदत पड़ गई थी–जैसे पड़ जाती है बहुत लंबे अरसे साथ रहते; और अनुपस्थिति खलने लगती है। वे चारों कॉन्ट्रैक्टर द्वारा लगाए गए ऑफ़िस के सबसे निचले स्तर के सफ़ाई कर्मचारी थे। ऑफ़िस में काम कर रहे स्थाई कर्मचारियों या कॉन्ट्रैक्ट पर ही काम कर रहे प्रशिक्षित और उच्च प्रशिक्षित कर्मचारियों के साथ उनका कोई मिलान नहीं था। वैसे भी कॉन्ट्रैक्ट पर काम कर रहे लोग, ऑफ़िस के बाक़ी स्थाई कर्मचारियों के साथ बातचीत में इज़्ज़त-भरी दूरी बरतते थे। वे अपनी औक़ात के प्रति हमेशा सजग, अलग दायरे में रहते थे। ऑफ़िस के लोग उनसे मिठास से पेश आते, हर फ़ंक्शन में उन्हें निमंत्रित करते, होली-दीवाली मिठाई और उपहार भी दे देते पर दोनों ग्रुपों में अंतर तब भी साफ़ दिखता था। और मैडम जी? वे तो ऑफ़िस में इतने ऊँचे पद पर, इतनी ताक़तवर थीं कि उनसे बेतकल्लुफ़ी से बात करने की वे चारों सोच तक नहीं सकते थे। कॉन्ट्रैक्टर को उनके काम या व्यवहार की ख़ामी के बारे में मैडम जी का एक शिकायती फ़ोन उनकी नौकरी तत्काल प्रभाव से ख़त्म करवा दे सकता था। पर अपनी औक़ात का दायरा वे चारों भले नहीं लाँघें, मैडम जी कभी-कभार लाँघ लेती थीं–उनकी नमस्ते के जवाब में उनसे घर-परिवार का हाल पूछकर। वे अहसान मानते ख़ुश हो लेते और लगे हाथ अनुरोध कर देते कि हो सके तो उनके पैसे किसी तरह बढ़वा दिए जाएँ। मैडम जी किसी मँजे हुए ऑफ़िसर की तरह–'देखती हूँ', का आम-सा जवाब देकर किनारा कर लेतीं। उनके पैसे बढ़वाने में मैडम जी की भूमिका वैसे तो बहुत सीमित थी क्योंकि कंपनी, कॉन्ट्रैक्ट वर्कर्स के लिए लागू क़ानूनों से बँधी हुई थी। तब भी यह तय करने की ज़िम्मेदारी तो कंपनी की बनती ही थी कि कॉन्ट्रैक्टर अपने कर्मचारियों को नियमों के अनुसार न्यूनतम वेतन और बाक़ी सुविधाएँ देते रहें। कंपनी ई-टेंडर करके कॉन्ट्रैक्टर तय करती, कॉन्ट्रैक्टर अपने कर्मचारी काम पर लगाते और वही उन्हें हर महीने पैसे देने के लिए ज़िम्मेदार होते। कंपनी इस ऐवज में प्रति माह

लाखों रुपये कॉन्ट्रैक्टर को दे देती। तब भी इन चारों को पता था कि मैडम जी उनकी आमदनी बढ़ाने की कोई न कोई युक्ति निकाल सकती हैं–मसलन उनके द्वारा ली गई छुट्टी रिपोर्ट नहीं करवाकर या उनके ओवरटाइम के घंटे बढ़वाकर। वे अपने जूनियर अधिकारी से कह कर कई बार ऐसा करवा भी चुकी थीं।

सोमवार की उस सुबह मैडम जी यानी सुमेधा धीर लिफ्ट से निकलीं तो कुछ पल ठिठककर खड़ी हो गईं। न मोगरे की सुगंध स्वागत में नाक तक पहुँची, न वाइपर में पोछा फँसाए गैलरी साफ़ करता कोई नमस्ते करने को लपका। गैलरी में लगे पौधों पर धूल की परत साफ़ नज़र आ रही थी और ऑफ़िस आज कुछ अलग, उदास-सा लग रहा था। न तो रोज़ वाली चहल-पहल, न मेज़ें साफ़ किए जाने की आपाधापी, न पाँव सावधानी से रखने को आगाह करता तेज़ी से चमकाया जाता गीला फ़र्श! उनका मूड ख़राब हो गया।

उनके चैंबर का हाल तो और भी बुरा था। पानी के लिए रखा शीशे का जग ख़ाली और मेज़ पर धूल की परत। कंप्यूटर, की बोर्ड, फ़ोन–सब गंदे पड़े, मुँह चिढ़ाते। वे बौखला गईं। कहाँ हैं सारे सफ़ाई कर्मचारी? यह क्या हाल बना रखा है चैंबर का? उन्होंने मेज़ पर पड़ी घंटी ज़ोर से दबाई, पर घंटी सुनकर कोई नहीं आया। तब उनका ध्यान गया कि चैंबर के बाहर कोई चपरासी बैठा ही नहीं था। क्या कॉन्ट्रैक्टर द्वारा लगाए गए कर्मचारी और ऑफ़िस के क्लास फ़ोर स्टाफ़ एक साथ छुट्टी पर चले गए?

उन्हें प्यास लगी थी पर पानी लाकर देने वाला कोई नहीं था। उन्हें वर्मा जी पर ग़ुस्सा आने लगा। वे इस ऑफ़िस में सुपरवाइज़र थे–इस तरह की व्यवस्थाओं पर निगरानी रखना उनकी ज़िम्मेदारी थी। उन्होंने वर्मा जी से बात करने को इंटरकॉम घुमा दिया। वर्मा जी ने फ़ोन नहीं उठाया। दरअसल वे अपनी सीट पर थे ही नहीं। सुमेधा जी ने खड़े होकर बाहर हॉल में झाँका तो वर्मा जी हॉल के दूसरे हिस्से में खड़े किसी को गंभीरता से कोई निर्देश देते दिखे। क्या वे किसी समस्या के समाधान में लगे थे?

सुमेधा जी के मन में खटका हुआ। पुराने टेंडर की अवधि समाप्त होने को थी, इसीलिए नया ई-टेंडर फ़ाइनल किया जा चुका गया था। ई-टेंडर के नियमों के अनुसार सबसे कम कमीशन माँगने वाले कॉन्ट्रैक्टर को ही काम दिया जाता था। यह ऑफ़िस की मजबूरी थी कि वे मनलायक़ कॉन्ट्रैक्टर नहीं चुन सकते थे। टेंडर की

अवधि दो या तीन साल की होती और इस तरह हर दो-तीन सालों बाद कॉन्ट्रैक्टर बदल जाते। नए कॉन्ट्रैक्टर आते, तो पुराने कॉन्ट्रैक्टर के कर्मचारियों को हटाकर अपने कर्मचारी काम पर लगा देते। डेटा एन्ट्री ऑपरेटर बदल जाते, चपरासी और दूसरे कई असिस्टेंट भी–पर ये चारों सफ़ाई कर्मचारी कोई न कोई जुगत लगाकर इसी ऑफ़िस में बने रह जाते।

ई-टेंडर किए जाने की ख़बर मिलते ही हर कॉन्ट्रैक्ट वर्कर के चेहरे पर मायूसी छा जाती। वाजिब-सी आशंका होती कि नया कॉन्ट्रैक्टर कहीं उन्हें काम से हटा न दे! काम से निकाल दिए जाने पर तुरंत कोई काम मिल पाना मुश्किल होता। इस परेशानी से दो-चार होते अगर कोई नया कॉन्ट्रैक्टर पुराने कॉन्ट्रैक्टर के किसी कर्मचारी को अपने कर्मचारियों में शामिल कर लेता तो वह ख़ुशी मनाता और वर्मा जी का अहसान मानता। ये चारों सफ़ाई कर्मचारी तो वर्मा जी का अलग से शुक्रिया अदा करते ही। आख़िर वर्मा जी ही नए कॉन्ट्रैक्टर से मैनेज करते थे सब कुछ!

ई-टेंडर की प्रक्रिया चलते होने के दौरान ये चारों अपना काम पहले से ज़्यादा मुस्तैदी से करते और मैडम जी पर नज़र पड़ते ही हाथ जोड़ देते–'मैडम जी, हमारा ध्यान रखना।'

वे मैडम जी के लिए कुछ भी करने को तैयार रहते। मना करने पर भी उनके चैंबर की सफ़ाई दिन में दो बार करते। वहाँ रखे हर सामान को रगड़-रगड़ चमकाते। चैंबर के अंदर रखे पौधों को पानी देना कभी नहीं भूलते। शीशे का जग हो या पानी का गिलास...सब चमचमाते रहते। यह नहीं कि अगल-बग़ल के चैंबर साफ़ नहीं किए जाते पर शायद इतनी लगन से नहीं। मैडम जी दोपहर में लंच ख़त्म करें, उसके मिनट भर के अंदर ही मेज़ की सफ़ाई के लिए वे हाज़िर हो जाते।

ऑफ़िस में लोगों को पता था उनकी मुस्तैदी का राज़ और वे इसका मज़ा लेते रहते थे।

एक दिन मैडम जी ने बातों-बातों में उनसे पूछा कि कॉन्ट्रैक्टर बदल जाने के बाद भी इसी ऑफ़िस में बने रह जाने के लिए अपनी सैलरी का कितना प्रतिशत उन्हें हर माह स्वाहा करना पड़ता है, पर वे बता नहीं पाए। दरअसल उन्हें पता ही नहीं था कि उनकी तनख़्वाह कितनी होनी चाहिए और कट-कटाकर कितने पैसे हर माह मिलने चाहिए। वे तो इतने भर से ख़ुश थे कि जितने पैसे मिलते हैं, उतने में घर चल जाता है। इसी ऑफ़िस के लोगों ने उनके बच्चों का दाख़िला सरकारी स्कूलों में करवाया और घर पर कोई बीमार पड़ जाए तो सरकारी अस्पताल में इलाज की

व्यवस्था भी उन्होंने ही करवाई। अगर वे पढ़े-लिखे होते तभी समझ पाते कि उन्हें सही पैसे मिलते हैं या नहीं—पर पढ़े-लिखे होते तो सफ़ाई कर्मचारी होते ही क्यों? बात वाजिब थी–मैडम जी ने आगे कुछ नहीं पूछा।

दीमा एक दिन मैडम जी को बता गया था कि वर्मा जी ने सख़्त हिदायत दे रखी है कि कोई कर्मचारी अपनी तनख़्वाह किसी दूसरे को नहीं बताएगा–जिसे जो पूछना हो, वर्मा जी से ही पूछे। वही बता सकते हैं कि कौन एम.टी.एस.(मल्टी पपस स्टाफ़) है, कौन प्रशिक्षित या ग़ैर प्रशिक्षित संवर्ग का। किसका कितना पैसा ई.एस. आई. में जाता है, कितना ई.पी.एफ. में; किसने कितना उधार ले रखा है जो किस्तों में काटा जा रहा है और किसने अपनी तरफ़ से ई.पी.एफ. में ज़्यादा पैसा डालने को कह रखा है। इससे वर्मा जी के दोनों मतलब सध जाते थे। एक तो किसी को पता नहीं चलता था कि असल में किसे कितने पैसे मिलने चाहिए, दूसरे यह कि इस लेन-देन में उनकी जेब में कितना जाता है–इसकी भनक तक मैडम जी समेत किसी अधिकारी को नहीं लग पाती थी। कॉन्ट्रैक्ट पर लगे कर्मचारियों की तनख़्वाह सीधे बैंक में जाती और लोग अंदाज़ा लगाते रह जाते कि वर्मा जी ने इन कर्मचारियों से लेन-देन कैश में किया या किसी और तरीक़े से।

अपने गंदे चैंबर में बैठने की जुगत बिठाते सुमेधा जी को समझ आ गया कि इस बार उनकी आशंका सच हो गई है। नए कॉन्ट्रैक्टर ने बाक़ी सब के साथ उन चारों सफ़ाई कर्मचारियों को भी निकाल दिया है।

वे इस मुद्दे पर विचार कर ही रही थीं कि ऑफ़िस की चपरासी सुजाता दौड़ी चली आई और कमरे में टेबल, कुर्सियाँ, स्टूल, कम्प्यूटर वग़ैरह तेज़ी से साफ़ करने लगी।

'सोचा था, आपके आने से पहले ही कर दूँगी पर काम आज ज़्यादा है न मैडम...नए कॉन्ट्रैक्टर, अपने लोग कल से काम पर लगाएँगे। मुझे वर्मा सर ने कहा है कि बस आज भर मैं सँभाल लूँ। शाम को नए कॉन्ट्रैक्टर अपने कर्मचारी लेकर आएँगे, तब उन्हें काम समझा दिया जाएगा। कल सुबह आठ बजे वे सब वर्मा सर को रिपोर्ट करेंगे। कल आप साढ़े नौ बजे ऑफ़िस आएँगी, तब आपको अपना चैंबर साफ़ मिलेगा। पूरा ऑफ़िस ही साफ़ किया जा चुका होगा तब तक! वैसे आज भी मैंने और साबिर ने मिलकर पूरा ऑफ़िस साफ़ किया है, फ़र्नीचर भी झाड़े हैं। बस चैंबरों में फ़र्नीचर और कम्प्यूटर वग़ैरह पोछना रह गया था। वह देखिए साबिर भागा चला आ रहा है जग में पानी भरने के लिए।'

'और बिट्टू, सामी, दीमा, अजय? चारों चले गए?' मैडम ने पूछा।

'हाँ। उनकी बात नहीं बन पाई। कल उन्हें बक़ाया पैसे देकर, आज से काम पर नहीं आने को कह दिया गया। शाम को घर जाते समय चारों बहुत उदास थे। वे ही क्या, ऑफ़िस के सारे लोग उनके लिए उदास थे। इतने सालों का साथ था, सब उन्हें प्यार करते थे। हम लोगों को समझ नहीं आ रहा है कि अब वे घर चलाएँगे कैसे? अगली नौकरी तो जाने कब मिले! कल शाम आपसे मिलने के इंतज़ार में बहुत देर रुके रहे, पर आप मीटिंग में थीं। मैडम, इस बार भी उनके लिए कुछ कीजिए न!'

चैंबर साफ़ हो जाने के बाद सुमेधा जी कुर्सी पर बैठ गईं। पानी पिया और कंप्यूटर ऑन किया। उनका मूड अब भी ख़राब था। सुबह-सुबह मिली इस ख़बर ने दिन का ज़ायक़ा ही बिगाड़ दिया। क्या वर्मा जी को पता नहीं था कि इन चारों की नौकरी बनाए रखने के लिए वे कहेंगी ही? इतना-सा भी नहीं सोच पाए?

उन्हें ऑफ़िस में रोज़मर्रा का काम शुरू करने का मन क़तई नहीं हुआ। दरअसल उन्हें उन चारों के लिए चिंता हो रही थी। वे अपने अंदर हिसाब लगाना चाह रही थीं कि बिना काम मिले ये चारों कितने दिन निकाल पाएँगे? बिट्टू के पापा की दवाई और बच्चों की फीस तो रोकी नहीं जा सकती। उसकी पत्नी को भी पेट में समस्या है–कोई रसौली है शायद। वैसे बिट्टू को तीन बच्चे पैदा करने की क्या पड़ी थी? बेवक़ूफ़ कहीं का! समझ नहीं पाया कि नौकरी कभी भी चली जा सकती है?

दीमा को बच्चे तो दो ही हैं पर पिता के गुज़र जाने के बाद से माँ लगातार बीमार रहने लगी है। पिछली बार जब उसके पास पैसे नहीं थे, पूरे ऑफ़िस ने मदद की। उसकी माँ को अस्पताल से दवाइयाँ मुफ़्त में दिलवाते रहने की व्यवस्था करवा देना इस ऑफ़िस की ही अनकही ज़िम्मेदारी थी।

सामी की नई-नई शादी है...पत्नी उम्मीद से है। वह एक खोली ख़रीद लेने की सोच रहा है–बाद में ज़िम्मेदारियाँ बढ़ जाने पर संभव थोड़े होगा!

और अजय के सर पर तो अभी छोटे भाई की पढ़ाई और बहन की शादी की ज़िम्मेदारी है। इनसे निबट ले, तब अपने और पत्नी-बच्चों के लिए कुछ सोचे।

कुर्सी पर बैठी वे ख़यालों में डूब गईं। इस ऑफ़िस के सबसे बड़े अधिकारी लगभग चार लाख रुपये प्रतिमाह पाते हैं और आर्थिक रूप से सबसे कमज़ोर ये चारों दिल्ली सरकार के न्यूनतम वेतन क़ानून के तहत सालों से काम कर रहे होने के बावजूद बीसेक हज़ार। इतने रुपयों में तमाम ज़िम्मेदारियाँ निभाने के बाद जाने कितना बचा पाते होंगे!

सुमेधा जी ने जब ख़ुद को उनकी पत्नियों की जगह रख कर सोचना शुरू किया तो अंदर कुछ गीला होने लगा। वे होतीं उनकी जगह तो आज ख़ुद को किस क़दर

असहाय महसूस कर रही होतीं!! उनकी कॉफी–ठीक उनके मनपसंद स्वाद और मिठास की–मेज़ पर रखी जा चुकी थी। कैंटीन से आया लड़का इंतज़ार में हाथ बाँधे खड़ा था कि अगर कॉफी के साथ उन्हें कुछ और चाहिए हो, तो बता दें। सुमेधा जी ने उसे वापस जाने का इशारा कर दिया। आज उन्हें कॉफी पीने का मन नहीं हो रहा था। इस देश में सामाजिक न्याय और ग़रीबों के उत्थान की घोषित योजनाओं की अंदरूनी सच्चाई उन्हें छेदने लगी। अहसास यह भी हुआ कि इसी दिल्ली में इन चारों सफ़ाई कर्मचारियों से ज़्यादा ग़रीब लोग शायद लाखों की संख्या में मौजूद होंगे। तत्काल उन्हें खेद होने लगा कि वे सोच में डूबी समय बर्बाद कर रही हैं। इस ऑफ़िस में उनकी नियुक्ति समय से काम करवाने और कंपनी के हित में सही वक्त पर उचित निर्णय ले सकने को की गई है; काम के घंटों के दौरान इन समस्याओं पर विचार करने को नहीं–और तब गीली आँखें पोंछकर ख़ुद को संयत करते उन्होंने ज़रूरी कामों तथा आज होने वाली मीटिंग की तैयारी पर ध्यान केंद्रित करने का मन बना लिया। तब भी अनचाहे, सामने रखी फ़ाइलें पढ़ते हुए उनके दिमाग़ की चक्की अनायास विपरीत दिशा में चलने लगी और सोचा उन्होंने कि अगर ये चारों किसी दूसरे ऑफ़िस में काम करने को राज़ी हो जाएँ तो पिछले कॉन्ट्रैक्टर से बात करके रास्ता निकाला जा सकता है। काम पर ध्यान केन्द्रित करने में असमर्थ होकर उन्होंने अपने पी.ए. साकेत कुमार को पिछले कॉन्ट्रैक्टर से इस मुद्दे पर फ़ोन पर बात करने का आदेश दिया। पाँच मिनट के अंदर ही साकेत बता गया कि पिछले कॉन्ट्रैक्टर ने हाथ खड़े कर दिए हैं। उसका कहना है कि विभिन्न कारणों से पिछले तीन ई-टेंडरों में वह काम पाने में असफल रहा है और इस कारण ख़ुद बहुत परेशान है। इन चारों के लिए तत्काल तो कुछ नहीं कर सकता, पर भविष्य में मौक़ा मिलने पर मैडम जी की बात याद रखेगा कि इन चारों के लिए कोई जुगत भिड़ानी है। सुमेधा जी की चिंता और बढ़ गई। ऐसी स्थिति में अब क्या किया जा सकता है?

ग़ैर-प्रशिक्षित संवर्ग की नौकरी मिलना तक इतना मुश्किल क्यों है दिल्ली जैसी जगह में? शायद मज़दूरी का काम मिल जाए कहीं, पर क्या वे कर पाएँगे? सालों-साल ए.सी. ऑफ़िस में काम करते होने के बाद बाहर धूप में पसीना बहा पाएँगे?

उन्हें वर्मा जी पर फिर से ग़ुस्सा आने लगा। इस बार वर्मा जी ने यह क्या कर दिया? नए कॉन्ट्रैक्टर से मैनेज क्यों नहीं कर पाए? मुझसे कुछ सुनने का इंतज़ार है क्या?

उन्होंने ज़ोर से घंटी मारी। ऑफ़िस इतनी तीखी आवाज़ का आदी नहीं था।

हॉल में बैठे सभी कर्मचारियों की नज़रें उनके चैंबर की ओर घूम गईं। सुजाता भागती हुई आई।

'वर्मा जी को तुरंत बुलाओ।' उन्होंने कठोरता से कहा।

वर्मा जी तेज़ कदमों से आते दिखे।

उन्हें बैठने का इशारा करके सुमेधा जी ने सवालों की बौछार कर दी।

वे नज़रें झुकाए कुछ पल चुप रहे। फिर बोले–

'नए कॉन्ट्रैक्टर ने कहा कि अगर इन चारों को उसने रख लिया तो उसे बहुत घाटा हो जाएगा। ये चारों ई.पी.एफ. (इम्प्लॉई प्रॉविडेंट फंड) तथा ई.एस.आई.(इम्प्लाइज स्टेट इन्शॉरंस) के लिए रजिस्टर्ड हैं।'

'मतलब? क्या नए कॉन्ट्रैक्टर के कर्मचारी ई.पी.एफ. के मेंबर नहीं हैं?'

'नहीं।'

'कैसे?'

'सब पंद्रह हज़ार से ज़्यादा पाते हैं और उन्हें स्कीम का मेंबर नहीं होने का अधिकार है। कॉन्ट्रैक्टर का कहना है कि किसी ने ऑप्ट नहीं किया। सबको पैसे अभी चाहिए–रिटायरमेंट के बाद नहीं। बारह प्रतिशत सैलरी कट जाने से बहुत घाटा होता है। घाटा कॉन्ट्रैक्टर को भी होता है–बराबर पैसे उसे भी तो जमा कराने पड़ते हैं प्रॉविडेंट फंड में।'

'मुझे भरोसा नहीं हो रहा कि कोई वर्कर इस तरह प्रॉविडेंट फंड का मेंबर होने से इनकार करेगा। ऐसा करना बुद्धिमानी नहीं है, पर कॉन्ट्रैक्टर ने अपने मुनाफ़े के लिए ऐसा मैनेज कर लिया होगा। जो पहले से मेंबर हैं, उनकी मेंबरशिप नए कॉन्ट्रैक्टर ख़त्म नहीं कर पाएँगे, इसीलिए इन चारों का ई.पी.एफ. अमाउंट तो कॉन्ट्रैक्टर को देना ही पड़ेगा।'

'वही तो मसला है।' वर्मा जी बोले।

दोनों चुप बैठे कुछ देर सोचते रहे।

'आप कोई रास्ता निकालिए। टेढ़ा सही–पर नियम और नैतिकता का ख़याल रखते हुए। उन्हें नौकरी पर वापस रखवाना तो पड़ेगा न! इतने सालों से हमारे साथ काम करते आ रहे हैं तो उनकी मदद करना हमारा फ़र्ज़ है...चार परिवारों में चूल्हा जलने का सवाल है।' मैडम ने कहा तो वर्मा जी समझ गए।

'मैं मदद कर दूँगा। मैं तो आपके ही डर से चुप लगा गया और इनकी नौकरी चली गई। बहाल हो जाएँगे, भले प्रॉविडेंट फंड में पैसे जमा नहीं होंगे।'

'पहले भी आप ही मैनेज करते रहे हैं।' सुमेधा जी मुस्कराती हुई बोलीं। 'कहीं

न कहीं से ख़बर मुझ तक पहुँच ही जाती है, भले मेरे सामने आए डॉक्युमेंट्स सही हों तो मैं ज़्यादा पूछताछ नहीं करती। इन चारों के लिए क्या-कैसे करना है, डीलिंग ऑफ़िसर को कैसे मनाना है—आप जानें। ऑफ़िस के प्रति प्रतिबद्धता बनाए रखते हुए भी मानवता के नाते कई बार बीच का रास्ता निकालना पड़ता है।' सुमेधा जी मुस्कराकर बोलीं।

'जी, मैम। आपका इशारा काफ़ी है। कॉन्ट्रैक्ट वर्कर्स का मामला सिंह सर देखते हैं। मैं उनसे आपका नाम लेकर काम करवा लूँगा।'

वर्मा जी उठ खड़े हुए। इन मामलों में वे पहले से ही पके हुए थे।

बिट्टू, सामी, दीमा और अजय को नौकरी से निकाल दिए जाने का आज दसवाँ दिन था। उन चारों को कुछ समझ नहीं आ रहा था कि क्या करें! कई जगह गए, नौकरी का जुगाड़ नहीं हो पाया। आज भी अजय नौकरी की तलाश में एक जगह गया हुआ था, तो बिट्टू किसी दूसरी जगह। जहाँ भी उम्मीद की कोई किरण नज़र आती—वे दौड़ पड़ते।

बचत के पैसों से महीना तो निकल ही जाएगा। पर उसके बाद?

यह तो कहो कि रेखा को उसके पति दीमा ने पहले ही आगाह कर दिया था कि पैसे सोच-समझकर ख़र्च करे, जितना बन पड़े पैसे बचाने की कोशिश करे क्योंकि नया कॉन्ट्रैक्टर आने वाला है जो पता नहीं उसे नौकरी पर रखेगा कि नहीं, तो उसने संगीता, सुनीता, रीता तीनों को बता दिया; वरना एक दिन चारों नौकरी से निकाले जाकर शाम को मुँह लटकाए घर लौट आते और उनकी पत्नियाँ पछताती रह जातीं कि पहले से पता रहता तो कोई उपाय करतीं ज़रूर! बिट्टू, सामी, दीमा और अजय अगल-बग़ल की खोली में रहते हैं। सुबह साथ ही घर से निकलते और रात को इकट्ठे वापस लौटते हैं। अब तो बिट्टू और अजय के पास मोटरसाइकिल है, जिस पर दो-दो जने साथ बैठ जाते हैं और पेट्रोल का ख़र्चा आपस में बाँट लेते हैं, वरना पहले मंथली पास लेकर बस में सफ़र करते थे।

नौकरी चली जा सकने की ख़बर सुनी, तब से ही संगीता, रीता, रेखा और सुनीता डरी हुई थीं। घर पर मंदिर के पंडित जी के पास जाने की कहकर वे चारों मौलवी जी के पास चली गई थीं पर इस बार काम बिगड़ गया। दो साल पहले मौलवी जी के आशीर्वाद से नौकरी बची रह गई तो किसी को भी यही लगता न कि फिर से उनके ही पास जाएँ! घर से तो चारों ख़ुशी-ख़ुशी निकलीं। सेवा नगर, कोटला मुबारकपुर की गली से निकलकर बस में बैठ गईं। थोड़ी ही दूर का रास्ता था, पैसे

भी ज़्यादा ख़र्च नहीं हुए। मन में खटका था तो बस यह कि झूठ कहीं पकड़ा न जाए! इन दिनों वैसे भी माहौल इतना ख़राब था कि मौलवी जी का नाम सुनने पर सास जाने नहीं भी दे सकती थीं।

उनकी समस्या सुनकर मौलवी जी आँखें बंद करके कुछ देर सोचते रहे। संगीता ने उन्हें याद दिलाया कि दो साल पहले उन्होंने ही बेड़ा पार लगाया था, पर लगा नहीं कि मौलवी जी को कुछ याद आया। कुछ मिनट बाद उन्होंने अपने झोले में हाथ डाला और फूँक मारकर एक-एक ताबीज़ उन चारों की हथेली पर यह कहते डाल दिया कि अरमान पूरे हो जाएँगे। वे चारों निहाल हो गईं। पति से छुपाकर बचाए गए पैसे मज़ार पर चढ़ाकर घर लौट आईं।

ताबीज़ उनके लिए जादू था। मुट्ठी में आते ही उन्हें भरोसा हो गया कि अब निश्चित तौर पर नौकरी बच जाएगी। पति सलामत रहे, उसकी नौकरी सलामत रहे–ज़िंदगी आराम से कट जाएगी। अगर नौकरी चली गई तब क्या होगा–वे सोच तक नहीं पाती हैं। बच्चे स्कूल जाने लगे हैं। ऑफ़िस वालों ने ही कह-सुनकर बच्चों का दाख़िला स्कूल में करवा दिया वरना ग़रीब होते हुए भी ग़रीबों वाले कोटे से सरकारी स्कूल में दाख़िला मिल पाना दिल्ली में आसान है क्या? इस ऑफ़िस के लोग बहुत अच्छे हैं, वक़्त-ज़रूरत काम आते हैं। दीमा के पिता की बीमारी में ऑफ़िस वालों ने ही चंदा करके अस्पताल का बिल चुकाया–यह अलग बात है कि अस्पताल से घर लौटकर वे महीना तक काटे बिना चल बसे। उनके क्रिया-कर्म और श्राद्ध के इंतज़ाम में भी ऑफ़िस से मदद मिली थी। वैसे भी ऑफ़िस में अक्सर बँटने वाली मिठाइयाँ तो घर आती ही थीं, होली-दीवाली उपहार भी मिल जाते थे। ऑफ़िस वालों की बातें सुन-सुनकर उनका मन बहुत पहले से होता रहा था कि कभी वे भी ऑफ़िस जाएँ और लोगों से मिलें। आख़िरकार एक दिन उन चारों की इच्छा पूरी हुई और उन्हें ऑफ़िस जाने का मौक़ा मिल ही गया।

उस दिन ऑफ़िस में कोई प्रोग्राम था जिसमें सबों का सपरिवार निमंत्रण था। जब पता चला कि उनका भी निमंत्रण है तब आपस में सलाह करके उन चारों ने अपनी शादी वाली साड़ी पहनी–साथ में गहनों के साथ ख़ूब सारी मैचिंग चूड़ियाँ। लिपस्टिक तो ख़ैर लगाई ही थी। कह रखा था उनके पतियों ने कि ऑफ़िस की मैडम ने तुम लोगों को बुलाया है, इसीलिए जाकर उनको नमस्ते ज़रूर करना। सजी-धजी वे चारों जब मैडम जी के पास नमस्ते करने पहुँचीं तो मैडम जी उन्हें देखकर चौंक ही गईं। क्यों चौंकी, क्या पता! चौंकी तो ये चारों भी! इतनी बड़ी कुर्सी पर बैठने वाली मैडम जी और कोई साज-सज्जा ही नहीं! सिल्क की सादी साड़ी, दोनों हाथों में चाँदी

की एक-एक चूड़ी, चाँदी की अँगूठी और कान में चाँदी का ही छोटा बुंदा–बस। चाँदी पर छोटे नग लगे हुए थे। वे तो उसी धज में स्टेज पर चली जाकर माइक पर बोलती भी रहीं। भाषण, नाच-गाना हुआ और बाद में मज़ेदार भोज।

घर वापस लौटकर जब सामी से उसकी पत्नी संगीता ने पूछा कि क्या मैडम जी को भी इतने पैसे नहीं मिलते कि सोना पहन सकें, तब वह ख़ूब हँसा और पत्नी को समझाया–

'मैडम जी चाँदी नहीं, हीरा और प्लैटिनम पहनती हैं। उनका कान का बुंदा, अँगूठी और चूड़ी हमारे पाँचेक साल की तनखा बरोबर होगी।' यह सुनकर संगीता की आँखें फैल गईं। उसे अफ़सोस हुआ कि टी.वी. और सिनेमा देखने के बावजूद उसे प्लैटिनम के गहनों के बारे में जानकारी नहीं थी। अगले ही दिन उसने रेखा, सुनीता और रीता से यह ज्ञान बाँट कर उन्हें भी चौंका दिया। नौकरी बचाने में मदद करने वाली और इतने महँगे गहने पहनने वाली मैडम जी की इज़्ज़त उनके मन में और बढ़ गई।

तो इस बार भी वे ताबीज़ ले तो आईं पर उसे छुपाकर रखना पिछली बार की तरह ही टेढ़ी खीर था। पूरा परिवार एक ही कमरे में रहता-सोता था और कमरे के बाहर की छोटी जगह खाना पकाने के काम आती थी। कमरे पतली गली में एक क़तार में बने थे। गली के अंत में कई साझा बाथरूम थे, जिनकी रोज़ाना सफ़ाई मकान-मालिकों की ज़िम्मेदारी थी। कमरे में आलमारी भी एक ही थी, जिसमें पूरे परिवार के कपड़े रखे जाते थे। वैसे संगीता की सास के पास अपना एक अलग बक्सा था–जिसे वे किसी को छूने नहीं देती थीं। ससुर जी की मौत के बाद दीमा की सास वैसे तो अधिकतर गाँव में ही रहती थीं, पर इन दिनों वे यहाँ आई हुई थीं।

आपस में सलाह करके ताबीज़ कपड़ों की आलमारी में छुपाकर रख दिया गया। रोज़ सुबह नहाकर वे उसे आँखों से छुलातीं और अपनी मनौती मन में दुहरातीं। ऐसा नहीं है कि यह सलाह मौलवी जी की दी हुई थी–वे चारों तो बस यह तय करना चाहती थीं कि ताबीज़ खोया नहीं है।

जब पूरा हफ़्ता बीत गया और कोई बुरी ख़बर नहीं आई तो उन्हें लगा कि ताबीज़ ने अपना असर दिखा दिया है। पर उसके अगले हफ़्ते ही वह मनहूस दिन आ गया, जिसकी आशंका उन्हें अंदर से खाए जा रही थी। बिट्टू, दीमा, सामी और अजय उतरे चेहरे लिए घर लौटे और बताया कि नए कॉन्ट्रैक्टर ने उन्हें कल से काम पर आने से मना कर दिया है।

'मैडम जी से बोलो न!' सुनीता डरती-डरती बोली तो अजय नाराज़ हो गया।

'तुम सोचती हो, मैं इतना बेवक़ूफ़ हूँ कि कोई कोशिश की ही नहीं?'

रेखा को तो कुछ बोलने की हिम्मत ही नहीं पड़ी–इस बीच उसकी आलमारी से ताबीज़ ग़ायब जो हो गया था! ढूँढा तो बहुत, कई-कई बार ढूँढा, पर नहीं मिला। इन दिनों सास गाँव से आई हुई थीं। उनसे बहाना करके उनके सामने ही पूरी आलमारी छान मारी, पर ताबीज़ तब भी नहीं मिला। ताबीज़ खो गया तब से उसका दिल धड़कता रहता था, रात को नींद नहीं आती थी। वह आशंकित थी कि ज़रूर कोई अनिष्ट होने वाला है! बस उसका ही कुछ बुरा होना है, और किसी का नहीं? क्या मौलवी जी के बदले पंडित जी के पास ही जाना ज़्यादा सही होता? अब नौकरी जाने की ख़बर सुनते ही उसके सर में चक्कर आने लगे। ये क्या हो गया? अब क्या होगा??

उस मनहूस ख़बर से मुर्दनी तो सबके घर छाई। उस रात किसी को खाना खाने तक का मन नहीं हुआ।

अगले दिन उदास चेहरे लिए चारों महिलाओं की बैठकी जमी। रेखा की इच्छा थी कि मौलवी साहब के पास दुबारा चला जाए और ताबीज़ ग़ायब होने का रहस्य पूछा जाए।

'मौलवी जी नहीं, ऑफ़िस वाली मैडम जी के पास चलो। हाथ जोड़कर कुछ करने की गुहार लगाएँगे। इन्होंने मुझे बताया है कि मैडम जी का कहा ऑफ़िस में कोई नहीं टाल सकता।' सुनीता ने कहा।

'पहले इनसे ताबीज़ खो जाने का सच तो बता दूँ। पूजा-पाठ करते हैं–कोई तरकीब निकलवाएँगे। दो थप्पड़ भी लगा दें, तो खा लूँ। घर पर किसी का अनिष्ट नहीं होना चाहिए–बस!! क्यों न एक बार हनुमान मंदिर वाले पंडित जी के यहाँ हो आएँ–कोई तो तरकीब बताएँगे।' रेखा रोती हुई बोली, पर किसी ने हामी नहीं भरी। रेखा को लगा कि उसकी और उसके परिवार की चिंता किसी को नहीं है–बाक़ी तीनों का ताबीज़ सुरक्षित जो है!

अनिष्ट हो चुका, नौकरी चली गई, अब तो अकेले जाने की हिम्मत करनी ही पड़ेगी–अगली सुबह अपनी सास को मंदिर जाने की कहकर रेखा घर से निकल गई। ताबीज़ उसका खोया है–तो ज़ाहिर है–उसे ज़्यादा चिंता है। यह भी तो हो सकता है कि बाक़ी तीनों को किसी तरह नौकरी वापस मिल जाए पर दीमा रह जाए!

दो घंटे बाद उदास मुख लिए वह वापस लौट आई। पंडित जी ने अनुष्ठान करने को कहा था–पर उन्हें देने को इक्यावन सौ रुपये रेखा के पास नहीं थे। सास ने अपना बक्सा खोला और देख-भालकर बक्सा बंद कर दिया। रेखा समझ गई कि इतने पैसे उनके पास भी नहीं।

रेखा को पल भर को लगा कि कहीं वह व्यर्थ ही चिंता तो नहीं कर रही? ताबीज़ सुरक्षित रहते भी, बाक़ी तीनों के पतियों की नौकरी चली ही गई आख़िर! पर दूसरे ही पल उसे लगा कि ताबीज़ खोने में कोई संकेत है ज़रूर।

उदास दिन किसी तरह बीतने लगे। पंद्रह दिन बीते, फिर बीस...और अब तो बिना नौकरी दो महीने सत्ताईस दिन हो चुके। जमा पैसे सारे ख़त्म हो चुके। कहीं से उम्मीद की कोई किरण नज़र नहीं आ रही। पत्नियाँ घरों में बर्तन धोने और साफ़-सफ़ाई का काम पा जाएँ तो शायद...बिट्टू ने थोड़े पैसे पड़ोसी से उधार लिए हैं–बिना यह सोचे कि लौटाने की जुगत कैसे लगाएगा! दीमा की माँ के पास तीन हज़ार थे, उन्होंने दे दिए ताकि घर पर राशन आ सके। अजय की बहन गली में बच्चों को ट्यूशन पढ़ाती है। घर का ख़र्च इस महीने वही चला रही है। सामी के घर खाना अब एक ही वक्त पकाया जाता है।

वे चारों कमरे के बाहर गली में स्टूल डाले उदास बैठे, चाय पीते बातें कर रहे थे। गली इतनी पतली है कि उनके बैठे रहने से बाथरूम की तरफ़ जाने वालों और सड़क के उस पार बने कमरों में रहने वाले लोगों को आने-जाने में दिक़्क़त होती है। अगल-बग़ल रह रहे सभी से काम दिलाने में मदद के लिए कह रखा है, पर कोई जुगत नहीं निकल पाई। इतने सालों से एक ही ऑफ़िस में काम करते होने के कारण वे कुछ निश्चिंत-से जीने लगे थे। किसी दूसरी नौकरी या कमाई के किसी अन्य ज़रिये के बारे में सोचने की ज़रूरत उन्हें कभी महसूस ही नहीं हुई। अब नौकरी चली जाने के बाद किसी ने पूछा तो वे बता तक नहीं पाए कि उनके पास ई.पी.एफ. में कितने रुपये हैं और वे उन रुपयों को कब और कैसे निकाल सकते हैं!! वर्मा जी को ही मालूम होता था यह सब!

पर इन दिनों वे ई.पी.एफ. के पैसों के बारे में नहीं, सोच रहे थे तो यह कि अगर कोई और काम नहीं मिल रहा तो क्यों न किसी घर में नौकर हो जाएँ। महीने में दो-एक दिन ही घर आ पाएँगे पर घर तो चलता रहेगा! दिन-भर मज़दूरी करना अब उनके बस में नहीं रह गया था। सुबह पूरे ऑफ़िस में झाड़ू-पोछा करके, फ़र्नीचर झाड़ देने के बाद दोपहर को दुबारा फ़र्श पर पोछा भर लगा देने से उनका काम ख़त्म हो जाता था। बाक़ी समय आराम से ए.सी. की हवा खाते चाय पीते, घर से लाए पराठे खाते और गप्पें मारते समय काटते। अभी वे आपस में सलाह कर रहे थे कि क्यों न नौकर-नौकरानियाँ मुहैया कराने वाली किसी संस्था में रजिस्ट्री करा लें, पर दिक़्क़त यह थी कि डिमांड नौकर की बजाय नौकरानियों की ज़्यादा थी।

वैसे तो नौकर ज़्यादातर छोटी उमर के लड़के रखे जाते थे, पर अगर उनकी उम्र यानी चालीस साल के आसपास का नौकर रखने को कोई राज़ी हो जाए, वे ख़ुशी से चले जाएँ। चाय के कप उठाने आई रेखा ने जैसे ही सुना कि नौकरानियाँ ज़्यादा रखी जाती हैं, वह तुरंत बोल पड़ी कि वह काम करने जाने को तैयार है। वह समझ नहीं पाई कि संस्था के माध्यम से काम करने जाने पर उसी घर में चौबीसों घंटे रहना पड़ता है। उसकी बात सुनकर दीमा ने उसे डपट दिया कि हर बात में टाँग न अड़ाया करे। वह काँपकर चुप हो गई।

मोबाइल में पैसे नहीं डलवाए थे–इसीलिए बिट्टू अपनी तरफ़ से किसी से बात नहीं कर पा रहा था, फ़ोन सुन भर सकता था। बाक़ी तीनों का हाल भी कोई अलग नहीं था। कई बार उन्होंने सोचा कि ऑफ़िस में वर्मा जी को फ़ोन करें पर अंततः किया नहीं। उन्हें भरोसा था कि बात बनने की उम्मीद जगते ही वे ख़ुद उन्हें फ़ोन करेंगे। इतने सालों से वर्मा जी की सेवा करते आ रहे हैं, तब भी इस बार मदद नहीं मिली–इसका उन्हें सख़्त अफ़सोस था।

तभी अजय की बहन रीमा कॉलेज से लौटती दिखी। उसने बताया कि ऑफ़िस के कुमार सर की बेटी उसके साथ ही पढ़ती है और उसने बताया है कि कुमार सर आज उन चारों का हालचाल लेने इस तरफ़ आने वाले हैं।

हँसने-हँसाने वाले कुमार सर उनका हालचाल लेने आएँगे–यह तो बहुत अच्छी ख़बर थी। उन्हें लगा कि कुमार सर का स्वागत ठीक से होना चाहिए।

सामी ने कमरे के अंदर जाकर पत्नी से कहा कि कुछ बढ़िया-सा पका दे।

'का पका दें? है घर में रासन? जाओ लाओ बजार से समान। अभी पका देंगे।' पत्नी तंज से बोली तो सामी मुँह लटकाए लौट आया।

अजय की बहन हाथ-मुँह धोकर बाथरूम की तरफ़ से वापस लौटती उनके पास कुछ पल रुककर बोली–

'आप सब चिंता मत करो। कुमार सर को चाय मैं पिला दूँगी। उनके लिए समोसा, नमकीन और बिस्किट लेती आई हूँ। मेरी दोस्त के पापा हैं। ट्यूशन पढ़ाने से मिले पैसों से इतना भी नहीं करूँगी?'

वह बहुत ख़ुश दिख रही थी–मानो कुमार सर के आने से उसे कोई ख़जाना मिलने वाला हो।

...और सचमुच ही कुमार सर के आने पर उनके घरों में खुशियाँ फैल गईं। कुमार सर बच्चों के लिए बहुत सारी चॉकलेट लाए थे। अजय के घर बैठकर समोसा खाते कुमार सर ने उन चारों को हिम्मत बँधाई। भरोसा दिलाया कि

ऑफ़िस के लोग अब भी उनके साथ हैं और सूचना दी कि वर्मा जी ने कल उन्हें मिलने को बुलाया है।

'अपना आधार कार्ड, पैन कार्ड या जो भी पहचान पत्र हो–साथ ले आना। बल्कि जिसके पास जितने कार्ड हों, सारे ले आना। पता नहीं कौन-सा काम आ जाए!' कुमार सर जाते-जाते कई बार हिदायत दे गए।

उम्मीद जगते ही संगीता, सुनीता, रीता अपनी-अपनी आलमारी की ओर दौड़ गईं। चुपके से ताबीज़ माथे से छुलाकर मनौती मन में दुहरा ली। मौलवी जी ने कहा ही था कि अरमान पूरे होंगे। ताबीज़ को आशीर्वाद की तरह अपने पास रखे रहना है–बस! रेखा का चेहरा उतर गया। वह रोने बैठ गई। उसका ताबीज़ खो गया है तो क्या उसके पति को नौकरी नहीं मिलेगी? उसके अरमान पूरे नहीं होंगे?? उसे फिर से सर में चक्कर आने लगे। मिनट भर के अंदर वह बिस्तर पर बेहोश पड़ी थी। पति और सास ने उसके सर पर पानी के छींटे दिए। हथेली और तलवे में मालिश की। किसी को अंदाज़ा नहीं था कि उस पर क्या गुज़र रही है! पर थोड़ी देर बाद ही उसे होश आ गया और वह घर के काम निबटाने को बिस्तर से उठ खड़ी हुई।

वर्मा जी द्वारा ऑफ़िस बुलाए जाने की बात से ही सब के अंदर उत्साह का संचार हो चुका था। ख़ुशी के मारे उन्हें रात को नींद नहीं आई। सुबह होते ही उन्होंने बिस्तर छोड़ दिया और जाने की तैयारी करने लगे। सुनीता, संगीता, रीता की तरह रेखा ने भी पति के लिए जल्दी से नाश्ता बना दिया। साफ़ कपड़े पहनकर वे चारों ऑफ़िस चल दिए।

ऑफ़िस में सब कुछ जस का तस था। नए सफ़ाई कर्मचारी ऑफ़िस चमका रहे थे। इन चारों ने हर अधिकारी और कर्मचारी को उनकी सीट के पास जाकर नमस्ते की और मदद की गुहार लगाई। फिर वे वर्मा जी के कहे अनुसार मैडम जी के सामने हाथ जोड़कर खड़े हो गए।

मैडम जी ने हालचाल पूछने के बाद कहा–'आप लोग जाकर वर्मा जी से मिल लो।'

'जी, उन्होंने ही तो आपके पास भेजा है।' वे एक साथ बोल पड़े। दरअसल उन्हें समझ नहीं आ रहा था कि चक्कर क्या है!

मैडम जी ने कोई जवाब नहीं दिया। बस उनका चेहरा कठोर हो गया। वे तुरंत समझ गए कि जवाब देकर ग़लती की।

'ठीक है मैडम जी, हम जाते हैं वर्मा जी के पास।' कहते वे चैंबर से निकल लिए।

थोड़ी देर बाद वर्मा जी ने आकर सुमेधा जी को बताया–

'सब मैनेज हो गया मैम! कॉन्ट्रैक्टर आज आया हुआ था। उसे समझा दिया कि आपका आदेश है इसीलिए करना ही पड़ेगा। पिछले तीन महीनों से टालता आ रहा है। अब उसे आगाह कर दिया कि नहीं करेगा, तो...वह तुरंत समझ गया। आख़िर हर महीने अपना बिल समय से और पूरी रक़म का पास करवाना है न उसे...लाखों रुपए का मामला ठहरा!! वह राज़ी हो गया, तब इन चारों को बुलवाकर उनसे बात करवा दी।'

सुमेधा जी अब भी वर्मा जी को प्रश्नवाचक निगाहों से ही देख रही थीं, इसीलिए वर्मा जी ने खुलकर बता दिया–

'कोई दिक़्क़त नहीं होगी मैम। अब नया आधार कार्ड दिखाकर काम करेंगे, जिसमें नाम-पता दोनों अलग हैं। इनके पास पहले से ही दो-तीन आधार कार्ड हैं। पढ़े-लिखे तो हैं नहीं कि नाम, पिता का नाम और घर के पते का कोई डॉक्युमेंट उपलब्ध हो, न ही दिल्ली में कोई स्थाई पता है...अलग-अलग नाम-पते के साथ अलग-अलग इलाके से, कोई न कोई इन्ट्रोड्यूसर खोजकर, इन्होंने बनवा रखे हैं दो-तीन आधार कार्ड...एक कॉन्ट्रैक्टर को एक आधार कार्ड दिखाया, तो दूसरे को दूसरा—जब पकड़े जाएँगे, तब देखा जाएगा। अब कागज में इनका नाम चाहे जो लिखा रहे, पैसे तो इन्हें ही मिलेंगे न! आपने कहा था कि घर चलता रहना चाहिए, इसीलिए करवा दिया। हाँ, ई.पी.एफ. में पैसे नहीं जा पाएँगे। दो दिन बाद यह महीना ख़त्म होते ही कॉन्ट्रैक्टर इस ऑफ़िस में लगाए गए सफ़ाई कर्मचारियों को किसी दूसरे ऑफ़िस में लगाकर इन चारों को यहाँ बुला लेगा। आपके कहने पर किया है, इसीलिए कोई बात हो जाए, कंप्लेन आए कहीं से तो मुझे प्रोटेक्शन...'

सुमेधा जी बोलीं–'सही है कि मैंने कहा था कि उनका घर चलता रहना चाहिए, कोई रास्ता निकालिए...पर मैंने यह भी कहा था न कि नियम और नैतिकता छोड़े बिना–यह आप भूल कैसे गए?'

वर्मा जी का चेहरा उतर गया।

'आपने यह कैसे सोच लिया कि अलग-अलग आधार कार्ड दिखाकर इसी ऑफ़िस में बने रहना मैं जानते-बूझते अलाउ कर दूँगी? यह तो अनैतिक है।'

'तो नैतिक तरीक़े से उन्हें वापस कैसे घुसाते? कोई रास्ता ही नहीं था। हम यहाँ नियम-नैतिकता पकड़कर बैठे रहते और वहाँ वे सब... परिवार सहित भूखे मर रहे होते...' कमज़ोर स्वर में वर्मा जी ने अपनी बात रखी।

सुमेधा जी कुछ क्षण चुप लगा गईं। फिर पूछा–

'क्या पहले भी आप इसी तरह...'

'हाँ। नहीं बताता था आपको कि कहीं सूली पर न लटका दें। मेरा यह कहना है कि अपने कर्मचारियों का वेरिफ़िकेशन करवाना कॉन्ट्रैक्टर की ज़िम्मेदारी है, हमारे ऑफ़िस की नहीं। हम तो उनके ही भरोसे, उनके लोगों को ऑफ़िस में काम करने देते हैं—और कॉन्ट्रैक्टर का हमसे कोई ज़्यादा लेना-देना होता नहीं। ऑफिशली हम नहीं जानते कि ये चारों काम पर वापस कैसे लौटे...कॉन्ट्रैक्टर को भी ऑफिशली नहीं पता कि पहले इनका नाम क्या था। अब ई.पी.एफ. का मेम्बर होने से अगर इन चारों ने इनकार कर दिया है, तो मामला ही ख़त्म! आपने कहा न कि डॉक्युमेंट्स सही हों तो आप पूछताछ नहीं करेंगी!'

सुमेधा जी कुछ पल सोचती रहीं, फिर बोलीं–'ठीक है आप जाइए।'

यह कहते समय सुमेधा मैडम के चेहरे पर जो दबी-सी मुस्कान आ गई थी वह वर्मा जी को सर पर वरदहस्त-सी लगी। वे निश्चिंत होकर उनके चैंबर से निकल गए।

बि्टटू, दीमा, अजय और सामी ख़ुशी की लहरों पर सवार घर लौटे।

'तुमको भी रख लिया? पक्का न!' रेखा बार-बार पति से पूछ रही थी। उसे लगा कि कोई चमत्कार हुआ है ज़रूर कि ताबीज़ गुम हो जाने पर भी उसके अरमान पूरे हो गए। इस बारे में कोई तर्क करना वह नहीं चाहती थी कि ऐसा हुआ कैसे? मौलवी जी या पंडित जी से कोई सवाल उठाना भी नहीं चाहती थी। उसने तय किया कि पति की नौकरी लगते ही मौलवी जी के पास दुबारा जाकर दूसरा ताबीज़ माँग लाएगी। इस तरह उनका आशीर्वाद हमेशा सर पर बना रहेगा–बिना दुविधा; और इस बार किसी को साथ नहीं ले जाएगी। जब दुख के दिनों में कोई साथ जाने को तैयार नहीं हुआ तो अब क्यों ले जाए! इक्यावन सौ इकट्ठे हो जाएँ तो पंडित जी से अनुष्ठान भी करवा ही लेना चाहिए–कौन नहीं चाहेगा कि घर में ख़ुशहाली और धन आए, सारे अरमान पूरे होते रहें। उसे न तो मौलवी जी को नाराज़ करना है, न पंडित जी को। पति सलामत रहे, मुँह में डालने को रोटी का निवाला रोज़ मिले, बच्चों को पढ़ाने लायक पैसे हों, एक कमरे का घर और—हो सके तो मैडम जी की तरह प्लैटिनम के गहने—फिर उसने तत्काल जीभ काटी और हाथ जोड़कर आसमान की ओर देखते भगवान से माफ़ी माँगी–'जादा लालच बुरी बलाय है, हमको मालूम है भगवान जी।'

दो दिनों के बाद पहली तारीख़ को बि्टटू, दीमा, अजय और सामी–चारों फिर से ऑफ़िस की सफ़ाई कर रहे थे। सुमेधा जी सुबह लिफ्ट से निकल कर ऑफ़िस घुसीं तो पिछले एक महीने से डाली जा रही गुलाब की ख़ुशबू के बदले चिरपरिचित मोगरे की ख़ुशबू ने स्वागत किया। वे मुस्कराती अपने चैंबर की ओर बढ़ चलीं।

पूरा चैंबर जगमगा रहा था। सबकुछ साफ़ और क़रीने से रखा। कमरे में भी मोगरे के रूम स्प्रे की ख़ुशबू। तभी वे चारों हाथ जोड़े सुमेधा जी के चैंबर में हाज़िर हो गए–आभार व्यक्त करने को। पाँव छूने को तत्पर थे, पर रोक दिए गए। वे अहसान से झुके जा रहे थे। बिट्टू ने पूछा-

'मैडम जी, सफ़ाई में कोई कमी रह गई हो तो बताओ।'

'नहीं। सब बढ़िया है।' वे बोलीं।

और अचानक उन्हें अहसास हुआ कि बिट्टू तो ऑफ़िस के रिकॉर्ड में अब कोई और हो गया है।

उन्होंने हँसते हुए पूछा–'पर यह तो बताओ कि अब तुम्हारा नाम क्या है बिट्टू?'

बिट्टू झेंपता हुआ उन्हें देखता रह गया।

(पाखी, 2019)

बिटिया ना माने

अंदर चल रही सुगंधित हवाओं का झोंका थमा, फिर कुछ जम गया-सा लगने लगा, तब वे चौंकी। मन में खिले फूल मुरझा गए थे, सूरज अस्त होकर अंतस को अँधेरे से भरने लगा था। अंदर ठोस होते जाते अँधेरे को सँभालते वे बेटी से बहुत कुछ पूछना चाहती थीं, पर बताना वह कुछ नहीं चाहती थी। अब बड़ी हो चुकी, माँ से नसीहतें मिलने के दिन ग़र्क़ हुए। अब तो बराबरी के स्तर पर बातें होती हैं, दोनों पक्षों द्वारा पेश किए गए तर्कों को तोला जाता है और बातचीत से रास्ता अमूमन निकल आता है। पर इस बार नहीं। पावनी अड़ी हुई है। माँ का कहा नहीं मान सकती, नहीं ही मानेगी। दीप्ति भी हथियार डालना नहीं चाहतीं। माँएँ अगर इसी तरह बेटियों की हर नाक़ाबिले बर्दाश्त बातें आँखें मूँदकर मानती चली गईं, तब थोड़े अरसे बाद समाज का स्वरूप बदलकर कैसा हो जाएगा? जिधर नज़र डालो उधर उम्रदार कुँवारी लड़कियाँ मौज़ूद पर नवजात शिशु, छोटे बच्चे सिरे से ग़ायब?

'यह इक्सट्रीमिस्ट थिंकिंग है।'–पावनी ने कहा।

'तुम्हारे तर्क भी वैसे ही हैं।'–अपने अंदर उलझ चुकी दीप्ति ने जवाब दिया।

पावनी ने माँ को देखा। उदासी में डूबी ममा उसके सामने चुप बैठी थीं। पावनी की उँगलियाँ मोबाइल पर तेज़ी से अंग्रेज़ी में लिखने लगीं-

'हाय आरुषि, क्या कर रही?'

'कुछ ख़ास नहीं। "द गुड बैड मदर" सीरियल का लास्ट एपिसोड तीसरी बार देख रही।'

'सुनो, मदद करोगी?'

'??'

'ममा फिर से सर पर सवार हो रहीं। 'शादी करो' का गाना फिर से शुरू है...'

'ओह...'

'कहीं बाहर चलें? इनका दिल बहल जाएगा, मेरी शादी का भूत थोड़े समय उतर जाएगा।'

'ओ.के. पाँच मिनट' (साथ में स्माइली)

'इंतज़ार...'

आरुषि से डील हो चुकी, तब पावनी ने दो मिनट में कपड़े बदले और ममा को पाँच मिनट दिए तैयार होने को। दीप्ति हड़बड़ाईं–'ऐसी क्या जल्दी है?'

'वो आरुषि है न... कह रही है कि ममा को पास वाला मॉल घुमाने ले चलो और मूवी दिखाओ, तो जल्दी निकल चलेंगे और मूवी शुरू होने से पहले खाना वहीं खा लेंगे।'

'आरुषि? उसने कब कहा?सुबह से तो उसका चेहरा तक नहीं दिखा।' आश्चर्यचकित दीप्ति ने पूछा।

'अभी मेसिज किया न उसने!'

'एक ही फ़्लैट में रहती हुई भी तुम दोनों एक-दूसरे से वॉट्सऐप पर मेसिज करके बातें करती हो, आमने-सामने नहीं?'

'ममा, सबकी प्राइवसी है। एक ही फ़्लैट में रहते हैं तो क्या? छुट्टी वाले दिन पूरे समय एक-दूसरे के सर पर सवार रहें?'

'पूरे समय? तुम दोनों को तो एक ही फ़्लैट में रहते हुए रोज़ कुछ सेकन्ड तक के लिए मिलते नहीं देखा। बग़ल के कमरे में चले जाकर दो बातें कर लेने से प्राइवसी का हनन होता है?'

'तुम नहीं समझोगी। बस फटाफट तैयार होकर चलो साथ।'

सातेक मिनट बाद बग़ल के कमरे से आरुषि निकल आई।

'हलो आंटी। कैसी हैं आप?' उसने उजली दंत-पंक्तियाँ प्रदर्शित करते पूछा।

'मैं ठीक हूँ। और तुम? नाश्ता किया?'

'नहीं आंटी। आज नाश्ते की ज़रूरत नहीं थी। कल के खाने का कैलरी काउंट काफ़ी हाई था।'

'अच्छा...' दीप्ति को समझ नहीं आया कि आगे क्या कहें! पावनी को तो तब भी कुछ कह सकती हैं, पर आरुषि से कुछ कहना...और वह भी तब, जब बग़ल में खड़ी पावनी आँखें तरेरती बरज रही है लगातार, मानो वे कोई गुस्ताख़ी कर रही हों।

दीप्ति इतने दिनों से इसी फ़्लैट में बेटी के कमरे में रह रही थीं पर आरुषि से बात पहले कभी नहीं हुई–चेहरा भले कभी-कभार ग़लती से दिख गया। दीप्ति रसोई में पका रही होतीं, तो रसोई की ओर आ रही आरुषि मुड़कर वापस अपने कमरे में चली जाती और जब रसोई खाली रहती, पावनी के कमरे का दरवाज़ा बंद होता यानी कि दीप्ति बेटी के कमरे में होतीं, वह रसोई में जाकर फटाफट कुछ पकाती और अपने कमरे में वापस बंद हो जाती। अगर दीप्ति देर तक पकाती होतीं तो आरुषि अपने लिए खाना बाहर से मँगवा लेती।

वे तीनों पावनी की कार में बैठकर मॉल निकल गए। मॉल में दीप्ति ने आरुषि को सामने बिठाकर जबरन खिलाया–उसकी ना-नुकुर और पावनी की आँखों में उग आई आजिज़ी को नज़रअंदाज़ करते। मूवी देखकर निकलते रात के ग्यारह बज गए, घर लौटते साढ़े ग्यारह और इस तरह छुट्टी का दिन समाप्त हो गया। अगली सुबह आठ बजे पावनी ऑफ़िस निकलने से पहले उन्हें बता गई कि वह रात को जल्दी आ जाएगी–यानी कि नौ बजे से बहुत पहले, आठ-साढ़े आठ बजे तक–और उसके बाद कंपनी के दूसरे देशों में चल रहे ऑफ़िस के लोगों से रात साढ़े ग्यारह बजे घर से ही मीटिंग कर लेगी। दीप्ति के विमूढ़ चेहरे को देख उसने समझाया–

'ममा, यह तुम्हारा सरकारी ऑफ़िस नहीं है, यहाँ के तौर-तरीक़े अलग हैं। यू.एस. ऑफ़िस के सैम से रात साढ़े ग्यारह बजे मीटिंग है और कल अर्ली मॉर्निंग ऑस्ट्रेलिया की सौम्या से। प्रोग्रेस अपडेट लेकर रूपा को बताना है। सैम कौन हैं? वे मेरे बॉस के बॉस हैं...वैसे मैं यहाँ भी निखिल, सुमित, रूपा सबको नाम से ही बुलाती हूँ–दो-तीन रैंक सीनियर हों कि ऑफ़िस के सीनियरमोस्ट बॉस! मेरे ऑफ़िस में कोई हायर्आर्की नहीं तुम्हारे ऑफ़िस की तरह...कि 'मैम', 'सर' बुलाएँ; 'गुड मॉर्निंग' बोलें 'हलो' के बदले...सिक फ्यूडलिस्टिक मेन्टैलिटी...मेरे ऑफ़िस में होतीं तो जेनरल मैनेजर हो कि डिरेक्टर–कोई तुम्हें मैम नहीं कहता, सब नाम लेकर बुलाते। तुम्हारी बग़ल से गुज़रते तुमसे तीस साल छोटे बच्चे हाथ हिलाकर कहते निकल जाते–'हाय दीप्ति!'

दीप्ति के चेहरे पर मुस्कान पसर गई। पावनी बोली–

'देखा न, मैं ऑफ़िस तक में रिश्तों की हायर्आर्की से बँधी हुई नहीं हूँ...तो फिर अपनी लाइफ़ में सास-ससुर से शुरू होने वाली हायर्आर्की में कैसे बँध पाऊँगी?'

'रिश्तों से बँधी हुई तो हो ही' दीप्ति बोल पड़ीं–'बॉस, जूनियर सब हैं। हाँ, उनसे बात करने का तरीक़ा अलग, रिश्तों की बनावट अलहदा।'

'हम इस बारे में बाद में बात करेंगे।' हाथ में कार की चाबी झुलाती, घर से निकलती पावनी बोली।

पावनी के निकल जाने के बाद दीप्ति दिल में आलोड़न लिए अपने लिए नाश्ता बनाने रसोई में चली गईं। पावनी रोज़ ऑफ़िस जाती है और उसकी दोस्त आरुषि वर्क फ्रॉम होम करती है। पावनी को सुबह-शाम का नाश्ता और दोपहर का खाना ऑफ़िस में ही मिल जाता है, आरुषि घर पर पकाती या बाहर से मँगवा लेती है। जब से दीप्ति आईं, वे खाना रोज़ पकाती हैं। बुरा लग़ता है सिर्फ़ अपने लिए पकाना, जबकि आरुषि भी घर पर ही है–पर आरुषि से कभी भेंट ही नहीं होती कि पूछ सकें कि वह खाएगी या नहीं, और अगर खाएगी, तो क्या? आरुषि अपने कमरे का दरवाज़ा हमेशा बंद रखती है–ऑफ़िस का काम चल रहा हो या नहीं! यही तरीक़ा पावनी का भी है। जितने समय घर पर होती है, अपने कमरे का दरवाज़ा बंद ही रखती है। पावनी रात का खाना भी शायद ही कभी घर पर खाने को राज़ी होती है–बहाना यह कि शाम का स्नैक्स हेवी था, दोपहर को ज़्यादा खा लिया था या फिर सीधे-सीधे यह कि आज खाने का मन नहीं है! वैसे एक ही फ़्लैट में अपने-अपने कमरे का दरवाज़ा बंद करके रहने वाली ये दोनों लड़कियाँ समझदार और ज़िम्मेदार हैं। बीमारी हो कि कोई दूसरा मसला–वॉट्सऐप पर ख़बर मिलते ही एक-दूसरे की मदद करने को खुलकर सामने आ जाती हैं–पैसों और समय की परवाह किए बग़ैर। डॉक्टर के पास ले जाती हैं, बीमार फ़्लैटमेट को खाना पकाकर या मँगवाकर खिला देती हैं, उसके कमरे में ही बनी रहती देखभाल करती हैं।

दोनों की गृहस्थी भी भरी-पूरी है। फ़्लैट सरोसामान से सुसज्जित है और रसोई में तमाम इलेक्ट्रॉनिक उपकरण मौजूद। दराज़ों में राशन के पैकेटों की भरमार घबरा देने वाली। पावनी ने अपने कमरे ही नहीं, लिविंग-डाइनिंग रूम, बालकनियों और रसोई तक को अच्छी तरह सजा दिया है–फ़्लैट किराए का है तो क्या! पेंटिंग्स, वॉल हैंगिग्स, झाड़फ़ानूस, डिज़ाइनर लैंप, ताज़ा फूलों के पौधों की क़तार दर क़तार...पर आरुषि को किराए के इस घर की साज-सज्जा में कोई रुचि नहीं। पावनी ने बताया कि आरुषि अभी पैसे जमा कर रही है और बाद में–मूड होने पर शादी कर चुकने के बाद–अपनी ख़ुद की नई गृहस्थी अच्छी तरह सजाएगी।

पावनी शादी से बचना चाहती है, आरुषि फिलहाल शादी टालना चाहती है। पावनी को अपना समय किसी से साथ बाँटने का ख़याल तक भयावह लगता है। वह कहती है कि ज़िंदगी मेरी है तो सारा समय मेरा ही होना चाहिए—जिसे मैं अपने निर्णय से जैसे चाहूँ, ख़र्च करूँ। ऑफ़िस के काम के बाद सीरियल्स देखूँ, किताबें पढ़ूँ, पेंटिंग बनाऊँ या कविताएँ लिखूँ—मेरी मर्ज़ी!! किसी दूसरे से बात करने, उसे एन्टरटेन करने, उसके लिए सोचने या पकाने की ज़रूरत न हो। और मर्दों को तो वैसे भी किसी बच्चे की तरह पालना पड़ता है—वे सारी ज़िंदगी बच्चे ही बने रहना पसंद जो करते हैं! सच अ हेडेक! बात हँसकर कही गई थी इसीलिए दीप्ति को पहले-पहल यही लगा कि वह शादी टालने के बहाने बना रही है, पर जब यही बात अलग-अलग तरह से बार-बार दुहराई जाने लगी तो दीप्ति आशंकित हो गईं।

समझाने की कोशिश की उन्होंने कि दो लोगों के साथ में शेयरिंग, केयरिंग होती है; साथ हमेशा ज़हमत नहीं होता और हो यह भी सकता है कि गृहस्थी की ज़िम्मेदारियाँ साझा हों, सामंजस्य हो ऐसा कि किसी को अपने शौक़ छोड़ने नहीं पड़ें! समय और भावनाएँ साझा करने से प्यार, इज़्ज़त, परवाह मिले। वैसे भी देने-पाने को हर वक्त तराज़ू पर तोलते क्यों रहना! प्यार करते होना अपने आप में सुख है, जो रिश्ते से बाँधे रखता है। 'दिस इज़ जस्ट ए पोएटिक थॉट!' पावनी ने तपाक से जवाब दिया था।

आरुषि ने कल मॉल में खाना खाने के दौरान उन्हें बताया कि वह उम्र में भले पावनी से तीन साल बड़ी है, शादी तुरंत नहीं कर पाएगी। उसके सर पर एजुकेशन लोन है, घर पर दो बड़ी बहनें भी हैं, जिनकी शादी अभी नहीं हुई। लोन चुक जाएगा, बड़ी बहनों की शादी हो जाएगी, तब अगले तीन-चार सालों के बाद अपनी शादी के बारे में सोचेगी। तब तक काफ़ी सेविंग हो चुकी रहेगी और गृहस्थी जमाने में मुश्किल नहीं आएगी—वैसे शादी होगी तो बंदा भी गृहस्थी के लिए कुछ ख़र्चेगा न! नहीं, अरेंज्ड मैरिज क़तई नहीं करेगी।

पावनी के सर पर कोई लोन नहीं, पैसों की इफ़रात है—तय करना है तो यह कि कितना बचाएँ, कितना-कैसे-कहाँ खर्चें। कमी है तो समय की; क्योंकि उसके वर्किंग आवर्स लंबे हैं और काम की ज़िम्मेदारियाँ बहुत अधिक। चार साल की नौकरी में दो प्रमोशन के साथ करियर की उड़ान बहुत ऊँची उठती जा रही है और इस उड़ान का पूरा मज़ा लेने के लिए वह शादी जैसे झंझटों से बची रहना चाहती है।

कल दोपहर ममा से उनके दोस्तों के बच्चों की शादियों, लिव-इन रिलेशनशिप के क़िस्से सुनकर पावनी उनके जाल में नहीं फँसी। कहा उसने कि उसके ऑफ़िस में जिस-जिस लड़की ने शादी की, उसका करियर बर्बाद हुआ। कहने को तो जितनी चाहिए, उतनी छुट्टियाँ देने को ऑफ़िस तैयार है पर प्रेग्नेंट होने के बाद बच्चे के जन्म का समय क़रीब आने पर लंबी छुट्टी पर जाते ही आपका काम किसी और को दे दिया जाता है क्योंकि आपके छुट्टी से लौट आने तक काम रोका नहीं जा सकता। तब छुट्टी से वापसी पर आप फालतू हो चुके होते हैं, आपकी रेटिंग बिगड़ जाती है और नौकरी कभी भी चली जा सकती है। हो यह भी सकता है कि आपके लंबी छुट्टी पर होते आपका बैचमेट या जूनियर आपका बॉस हो चुका रहे और तब नौकरी छोड़ने के अलावा आपके पास और कोई चारा बचे ही नहीं। यही हाल शादी करके लंबा हनीमून मनाने चले जाने वालों का होता है।

'तब? नौकरी बचाए रखने के लिए कुँवारे या नि:संतान रह जाएँ?' दीप्ति ने बेटी को कुरेदा।

'तुमने सरकारी ऑफ़िस में साल भर चाइल्ड केयर लीव लेकर प्रमोशन गँवाया, यहाँ मैटरनिटी लीव में नौकरी ही गँवानी पड़ जाती है। अब तुम ही बताओ–शादी-बच्चा करके, घर बैठ जाऊँ?'

दीप्ति सोच में पड़ गईं। क़ाबिल-होनहार बिटिया इतनी महँगी पढ़ाई करके, ऑफ़िस में तेज़ी से ऊँचे उठते करियर ग्राफ़ का कबाड़ा करके घर बैठ जाए, इस सोच मात्र से दीप्ति के दिल पर छुरियाँ चलने लगीं। उनकी माँ और वे ख़ुद, तमाम घरेलू परेशानियाँ झेलती हुई नौकरी में बनी रहकर ऊँचे पदों तक पहुँचीं और तीसरी पीढ़ी की पावनी बने होम मेकर? आज के समय में मल्टीनैशनल कंपनियों का माहौल गला-काट प्रतियोगिता वाला है, पर तब भी बेटी को यह सलाह कैसे दें कि नौकरी छोड़ दो, शादी करो ही मत या यह कि शादी के बाद बच्चे पैदा मत करो। क्या बीच का कोई रास्ता नहीं हो सकता??

नाश्ता करके कमरे के साथ लगी बालकनी में खड़ी, स्वच्छ-चमकदार आसमान और सामने पसरे मनभावन दृश्य को बेटी के लगाए गमलों में उगे घने पौधों, छत तक फैली लतरों के बीच खड़ी होकर सुकून से देखती हुई दीप्ति सोचती हैं–इस ख़ूबसूरत शहर ने मुझसे मेरी बेटी छीन ली। यहाँ की हवा में साँसें लेती लगातार

बदलती जा रही है वह–पहले से कुछ ज़्यादा आत्मलीन, रिश्तेदारों से कुछ अधिक असंलग्न। बीसवें तल्ले के इस फ़्लैट से शहर का नज़ारा बहुत सुंदर दिखता है। मल्टीस्टोरी बिल्डिंग्स के बीच में दूर तक फैली हरियाली, फ़व्वारे, रात को बिजलियों की दिप-दिप...पर चाहे जितना सुहावना-सुंदर हो, है यह शहर बहुत क्रूर। दूर तक पसरे पड़े इस कंक्रीट के जंगल में आख़िर कैसा काला जादू है, जिसने उनकी बेटी को अपनी गिरफ़्त में लेकर बदल दिया है?!

बालकनी में जाकर खड़े हो जाना उनका रोज़ का शग़ल है। नाश्ता कर चुकने और दोपहर का खाना बनाना शुरू करने के बीच बहुत-सा समय ख़ाली बच रहता है, जो काटे नहीं कटता। पहले ऑफ़िस जाती थीं, सुबह से शाम तक घर-ऑफ़िस के कामों में व्यस्त रहती थीं, अब रिटायरमेंट के बाद बहुत सारा ख़ाली वक्त है, साथ ही है गाढ़ा अकेलापन। और इस घर में तो कोई अख़बार भी नहीं आता कि पढ़ते हुए घंटा निकाल लें। वैसे अख़बार की बात सुनकर पावनी ठहाका मारकर हँसी थी।

'ममा, थोड़ा तो एन्वाइरन्मन्ट के लिए कंसर्न दिखाओ। काग़ज़ की बर्बादी क्यों करनी, जब ऑनलाइन अख़बार पढ़ा जा सकता है? बल्कि पिछले दिन की ख़बरें पढ़नी ही क्यों, जब अभी दो मिनट पहले तक की ख़बर ऑनलाइन मौजूद है? और किताबें भी ऑनलाइन ही पढ़ा करो–किंडल में। हमारी पीढ़ी तो कहती है कि पेड़ मत काटो, काग़ज़ कम बनाओ; अख़बार, किताब, पत्रिकाएँ प्रिंट करके निकालना बंद ही कर दो...हमारे लिए ऐसा वातावरण छोड़ो जिसमें हम खुलकर जी सकें–साफ़ शुद्ध हवा में पानी की उपलब्धता के साथ; ताकि हमारी अगली पीढ़ी को वाटर बॉटल के साथ छोटा ऑक्सीजन सिलिंडर लेकर स्कूल नहीं जाना पड़े।'

दीप्ति सीले मन से बालकनी में देर तक अकेली खड़ी पावनी की बातों के बारे में सोचती रहती हैं। इस बड़े-से फ़्लैट में, बहुत सारे सामान के बाद भी बच रही खाली जगहों की तरह ही ख़ाली, तनहा हैं वे–भले बग़ल के बंद कमरे में आरुषि अंदर बैठी काम कर रही है। क्या अकेलापन काटने को वे भी आरुषि से वॉट्सऐप पर ही बातें करना शुरु कर दें? अपनी सोच पर हँसती हुई वे कमरे में लौट आती हैं क्योंकि उन्हें पता है कि आरुषि अंदर ऑफ़िस के काम या मीटिंग में व्यस्त होगी।

कोई बेसुरी धुन अंदर बजती रुलाने लगती है, इस ख़याल से कि कहीं टाल-मटोल करते शादी की उमर पार न कर जाए पावनी! तब वे पछताएँगी और कौन जाने

मध्यवय आते-आते, माता-पिता के दुनिया छोड़ चुके होने के बाद पावनी भी। तब क्या कुत्ते-बिल्ली से दिल बहलाने की मजबूरी में जिएगी वह?

अगले शनिवार-रविवार को वे सब सुबह ही शहर के सारे दर्शनीय स्थान घूमने निकल गए। शायद पावनी बात करने से बचना चाहती थी। एक सुबह जब वह जल्दी उठ गई और अच्छे मूड में थी, अपने दिल पर पत्थर रखकर, लिव-इन की घोर विरोधी दीप्ति बोलीं–

'अगर तुम शादी को बंधन समझती हो तो लिव-इन ट्राई कर सकती हो!'

रिश्ता कभी भी टूट जाने के ख़तरों के बीच जिएगी पर इकलौती बेटी ममा-पापा के चले जाने के बाद दुनिया में एकदम अकेली तो नहीं रह जाएगी!

'लिव-इन? यक्! जब रोज़मर्रा की ज़िंदगी में मर्द का साथ मुझे चाहिए ही नहीं, कोई शेयरिंग-केयरिंग नहीं चाहिए, तब सिर्फ़ सेक्स के लिए मर्द पालना, लिव-इन में रहना...डिस्गस्टिंग!!एक बंदा जैसे ही बतौर पति या पार्टनर तुम्हारी ज़िंदगी में आता है, इंडियन मेल मेंटैलटि वाली तमाम बीमारियाँ अपने साथ लिए आकर तुम्हारे इर्द-गिर्द फैला देता है। एक मेल की एन्ट्री होते ही फ़ीमेल की अपनी लाइफ़ ख़त्म!! मैं तो ख़ुद से ही शादी कर चुकी हूँ, अपने साथ ख़ुश हूँ। भविष्य में अपनी और तुम दोनों की देखभाल कर सकती हूँ, तमाम ज़िम्मेदारियाँ अकेले उठा सकती हूँ...तब फिर कोई मर्द किसलिए लाऊँ? कहो तो मैं भी उस बंदी की तरह ख़ुद से ही शादी करने की रस्में सब के सामने पूरी कर लूँ, जिसकी ख़बर अभी थोड़े अरसे पहले आई थी। और लिव-इन में तो कोई भी बंदा मेरी देह और दिल से खेलकर किसी भी दिन फूट लेगा...नो रिस्पॉन्सिबिलिटी वट्सोएवर...नीदर लीगल, नॉर सोशल... मुझे इस क़दर बेवकूफ़ समझा है तुमने कि मैं अपनी देह, अपने दिल को किसी के खेल का मैदान बनाकर जिऊँगी!!' वह खिलखिलाई।

उसकी बातों से आहत दीप्ति बोलीं–'यह भी तो इक्सट्रीमिस्ट थिंकिंग ही है। बहुत-ही ऑब्जेक्शनबल। दो लोग साथ रहना तभी चुनते हैं जब उन्हें भरोसा होता है कि वे साथी को अपना सकते हैं, उसके साथ से सुख पा सकते हैं।'

'अगर ऐसा होता, इतने ही श्योर होते वे एक-दूसरे को लेकर, तब क़ानूनी पक्ष से कन्नी क्यों काट जाते?' वह तनी हुई थी।

'हो सकता है उन्हें रीति-रिवाज़ों से चिढ़ हो, शादी के फेरे और वचन उन्हें विरक्त करते हों?'

'तो बदल लें वचन और रीति-रिवाज़...' उन्हें काटती हुई पावनी बोल पड़ी।

'वैसे सिद्धांत रूप में लिव-इन की पक्षधर मैं भी नहीं' दीप्ति ने स्वीकार किया–'पर इसका मतलब यह नहीं कि मैं तय तौर पर मानती हूँ कि बिना शर्त, कभी भी ज़िंदगी से निकाल बाहर कर दिए जाने के स्वीकार के साथ ही लिव-इन में साथ रहना चुनते हैं लोग। ज़रूरी नहीं कि पार्टनर यूज़ ऐंड थ्रो का हामी निकले ही। और फिर शादी में भी कोई तय नहीं कि...'

'वही। तय कहीं नहीं है। जब तीर अँधेरे में ही मारना है तो सारी क़ानूनी सुरक्षा के साथ मारो न... चलो मैं ऑफ़िस के लिए तैयार होती हूँ। तुम इन्हीं बातों में सर खपाती दिन निकाल लेना।'

दीप्ति बिस्तर पर लेटी सोचती हैं। सही है कि एक कामकाजी लड़की की भरीपूरी ज़िंदगी में एक मर्द जैसे ही शामिल होता है, लड़की की स्वतंत्रता की धज्जियाँ उड़ जाती हैं। शादी के बाद किसी और के लिए जीना, उसकी पसंद-नापसंद का ख़याल रखना, उसे अपना बहुत-सा समय देना, उसके पूरे ख़ानदान को अपनाना, सबसे सामंजस्य बिठाना और इस प्रक्रिया में अधिकतर मामलों में ख़ुद को खो ही बैठना... पीढ़ी पिछली हो या अभी की, स्त्री स्वतंत्रता और स्त्री-पुरुष बराबरी के नारे उछालने वाला तथाकथित प्रगतिशील मर्द भी, पति बनते ही अमूमन अपने असली रंग में आ जाकर, तमाम तरक़ीबों-चालाकियों से घर के काम और बच्चे की ज़िम्मेदारियों से साफ़ कन्नी काट जाता, मज़े करता जीता है और पत्नी झींकती हुई भुगतती रहती है। बेटी ने महिलाओं की ज़िंदगी देखी है, इसीलिए कह रही है ये बातें...पर शादी के तालाब में फैले कीचड़ को साफ़ करने के लिए भी तालाब में घुसना तो पड़ेगा न!!

पावनी इन दिनों घोर परेशानी में है। जब से ममा रिटायरमेंट के बाद साथ रहने आईं, हमेशा एक ही सोच को केन्द्रबिंदु बनाए रखती हैं–बेटी की शादी। मानो नहीं हुई शादी तो माँ-बेटी दोनों का जीवन अकारथ हो जाएगा। वह पढ़ने में तेज़ रही और सारे नैशनल लेवल कम्पेटिटिव इग्ज़ैम आराम से पास कर लेती रही, तो ममा को बेटी के करियर को लेकर कभी परेशान नहीं होना पड़ा। अब उसके नौकरी में आ जाने के बाद बेटी की अच्छी शादी उनकी ज़िंदगी का एकमात्र मक़सद हो गया है। तो क्या करे वह? ध्यान काम पर लगाए कि अपने आसपास मँडरा रहे बंदों को परखने में, कि कौन वास्तव में मैरिज मटिरियल के उसके डेफ़िनिशन को मैच करता है?

उस शाम वह घर लौटी तो ममा बिस्तर पर लेटी रो रही थीं। उसका दिल डूब गया। उफ़्! अब सँभालो इनके इमोशन्स को। उसने ममा को हमेशा कामों में व्यस्त, स्पष्ट सोच वाली, साहसी महिला के रूप में देखा है। रोती हुई ममा वह नहीं देख सकती।

'तुम्हारी तबियत तो ठीक है न ममा? बच्चों जैसी हरकत पर क्यों उतर आई हो? शायद मेरी शादी का मसला फ़िर से तुम्हें सता रहा है...या कोई और मसला है? तुम्हें पता है न कि मेरे मन में तुम्हारी इमेज रोने वाली ममा की नहीं है। 'प्रीचर मॉम', 'टीचर मॉम', 'क्राइंग मॉम', 'पुअर मी मॉम', 'हैड आई ऑलसो ए चांस मॉम', 'नो-ऑल मॉम'...यह सब तुम कभी नहीं रही। तुम तो एक केयरिंग, डेयरिंग, ऑफ़िसर मॉम हो। मैं बहुत फ़ख्र से कहती रही हूँ सबसे कि तुम मेरी इग्ज़ेक्यूटिव मॉम हो–सिर्फ़ ऑफ़िस नहीं, घर में भी तुम बहुत क्लैरिटी से जानती रही कि कौन-सा काम कैसे किया या करवाया जाना है। फिर रो क्यों रही हो? क्या तुम्हें लगा कि रोकर तुम मुझसे शादी के लिए हाँ करवा ले सकती हो?'

दीप्ति का रोना बंद नहीं हुआ, न ही उन्होंने कोई जवाब दिया। पावनी कुछ पल सोचती रही, फिर मुस्कराती हुई बोली–

'शायद तुमने मेरी कमज़ोर नस ठीक ही पकड़ी है ममा। समझ चुकी हो तुम कि अगर मुझे डाँटोगी तो मुझे बहुत फ़र्क़ नहीं पड़ेगा–दिल पर चोट लगने के बावजूद सह लूँगी; पर रोने लग जाओगी, तब बहुत ज़्यादा पड़ेगा। मेरी अपराइट और टफ़ ऑफ़िसर ममा; इमोशनली स्ट्रॉङ् ममा हताशा से रोने लग गई? तब तो मैं निश्चित तौर पर तुम्हारे आँसुओं से पिघलने, कमज़ोर होने लगूँगी। मुझसे तर्क करो, बहस करो, कठोरता बरतो मुझसे, पर इस तरह नरमी और हताशा से रोओ मत ममा! मुझे आदत नहीं है तुम्हें रोता देखने की। अब तुम्हारे आँसुओं के सम्मान में डिगना पड़ेगा, फ़ैसला बदलना पड़ेगा। चलो कर लूँगी शादी, अगर कोई मनलायक़ बंदा मिल गया तो। सुना तुमने? मनलायक़ बंदा मिल गया–तो। इस भाव से कि चलो, ममा के कहने पर ये भी करके देख लेते हैं। चलो, अब रोना बंद करो और पापा से इस बारे में मेरी शिकायत लगाना बंद कर दो। पापा भी फ़ोन करके पूछ रहे हैं मुझसे कि ममा इस क़दर परेशान क्यों हैं? चलो उठो अब। आँसू पोछो ममा प्लीज़!'

दीप्ति का रोना नहीं थमा। बेटी मान गई–चाहे बेमन से–तब भी काम तो आधा ही हुआ। पूरा तो तब होगा, जब शादी हो चुकी रहेगी। तो कहाँ से लाएँ बेटी के मनलायक़ लड़का?

पावनी ने ममा की पसंद का खाना ऑर्डर करने से पहले आरुषि को मेसिज करके बता दिया कि वह उसका खाना भी मँगवा रही है और यह कि वह अपने कमरे में नहीं, ममा के साथ डाइनिंग रूम में खाना खाए तथा ममा का दिल अपनी बातों से बहलाने की कोशिश करे। उसके बाद उसने ममा से कहा कि अगर उन्होंने अब भी रोना बंद नहीं किया तो वह अपने बचपन की तरह रूठ जाएगी और तब बचपन की तरह ही उसे मनाने में ममा को ख़ासी मशक़्क़त करनी पड़ेगी।

नहीं, दीप्ति ऐसे हाथ पर हाथ धरे बैठ नहीं सकतीं। अगले दिन उन्होंने नेट पर ऑनलाइन अख़बार खोज निकाले और रविवारीय वर-वधू वाले कॉलमों से कुछ अच्छे रिश्ते तलाशकर फ़ोन लगाने की सोची। उनके ज़माने में विज्ञापन में इस तरह ख़ुलेआम फ़ोन नंबर दे दिए जाने का रिवाज़ नहीं था, पोस्ट बॉक्स नंबर पर चिट्ठियाँ भेजी जाती थीं, जिनका जवाब आने में महीना लग जाता था। अब तो आज के आज संपर्क संभव है। उन्होंने रिश्ते छाँटने शुरू किए। जो लड़के बेटी से कद में छोटे हैं, कम कमाते हैं, कम पढ़े-लिखे हैं–उनके घर फ़ोन नहीं लगाएँगी। क्या पता आगे चलकर लड़के के मन में हीनभावना आ जाए! घर-परिवार-पढ़ाई-कमाई में बराबरी हो, तभी लड़के के माता-पिता से बात करेंगी, ख़ुद जाकर घर-परिवार देख आएँगी, उसके बाद बेटी को लड़के से मिलने को मनाएँगी!

पावनी को जैसे ही माँ के इस प्लान की हवा लगी, वह मज़े लेती हुई बोली–

'ममा, मुझे घर सँभालना, साफ़-सफ़ाई करना, खाना पकाना सब आता है पर अगर घर में दो जने हैं, दोनों कमाते हैं, दोनों काम पर निकलते हैं तो घरेलू ज़िम्मेदारियाँ दोनों को मिलकर उठानी चाहिए। किसी के यहाँ जाओ तो पूछकर आना कि बंदे को खाना पकाने, साफ़-सफाई करने और गृहस्थी की दूसरी ज़िम्मेदारियाँ उठाने में दिलचस्पी है या नहीं! मैं अपने सर कोई आलसी, मिसॉजिनिस्ट, मेल शोविनिस्ट नहीं बिठा सकती। तुम्हीं बताओ, अपने घर में तुम और पापा मिलजुलकर घर के काम करते रहे कि नहीं? पापा ने थोड़ी ज़िम्मेदारी उठाई तो अगली पीढ़ी को ज़्यादा उठानी चाहिए। मुझे कैसे बर्दाश्त होगा कि मैं रसोई में अकेली पिली रहूँ और पतिदेव टीवी देखते, फ़ोन पर बातें करते समय बिताएँ! और मैं किसी बंदे की लंबी ज़िंदगी के लिए व्रत-त्योहार कर-करके हलकान होती नहीं जी सकती...आख़िर मेरी लाइफ़ की भी कोई इम्पॉर्टेंस है कि नहीं? होनी चाहिए कि नहीं?! व्रत करना हो तो दोनों

एक-दूसरे के लिए करें। और जब ख़ुद तुमने बिना दहेज अंतरजातीय शादी की, तो ज़ाहिर है कि मेरी शादी में दहेज नहीं दिया जाएगा, कुंडली नहीं मिलाई जाएगी, लड़की दिखाने की प्रथा नहीं निबाही जाएगी और यह बर्दाश्त नहीं किया जाएगा कि मेरी भावी ससुराल वाले किसी भी तरह की डिमांड्स रखें। और बंदा इतना प्रगतिशील तो होना ही चाहिए कि शादी के बाद अपने बच्चे के साथ किसी अनाथ बच्चे को भी गोद लेकर पालने की बात पर एकदम से भड़क ही नहीं उठे...'

दीप्ति सोच में डूब गईं। कोई ऐसा अनूठा लड़का मिल पाएगा? आज भी अधिकतर माँएँ बेटों को घर के काम करना नहीं सिखातीं, महिलाओं को बराबर समझने और इज़्ज़त देने के वैल्यू सिस्टम नहीं देतीं, तब शादी के बाद वे अच्छे पति कैसे साबित हो पाएँगे?! ख़ैर, दामाद तलाशने की मुहिम तो शुरू करनी ही पड़ेगी। पावनी का साथी कहीं तो होगा–किसी लायक़ माँ ने ज़रूर पाला होगा अपने बेटे को वैसे–जैसे मेरी बेटी चाहती है।

अगले कुछ हफ़्ते दीप्ति के लिए बहुत कठिन साबित हुए। कई जगह बात हुई और फ़ोटो, घर-परिवार के ब्यौरे दोनों पक्षों द्वारा साझा किए गए...पर दीप्ति की हताशा बढ़ती गई। उन्हें न तो लड़के वालों के बात करने का लहज़ा पसंद आ रहा था, न बेटे का पिता होने के नाते अपना दर्ज़ा स्वाभाविक तौर पर ऊँचा जताने की मानसिकता। ख़ुद को दहेज विरोधी घोषित कर चुके लोग भी यह मानकर चल रहे थे कि शादी का सारा ख़र्च लड़की वाले ही उठाएँगे और हाँ, लड़की सुंदर-स्लिम हुई, तभी बात आगे बढ़ाएँगे। किसी को सबसे पहले लड़की देखनी थी, तो किसी को शादी बहुत शानदार किए जाने की गारंटी चाहिए थी। कुछ परिवारों ने आरंभिक बातचीत के बाद शादी में किस नेग में क्या दिया जाएगा तय करने के लिए आमने-सामने मिल-बैठकर बातें करने का प्रस्ताव दिया। एक लड़के के पिता को इस बात पर आपत्ति थी कि फ़ोन पिता के बदले लड़की की माँ कर रही हैं, तो दूसरे किसी को इस बात पर कि लड़की अंतरजातीय विवाह की संतान है और जाति विशेष से संबंधित रस्में-परंपराएँ निभाने में क़तई भरोसा नहीं रखती! दो-तीन हफ़्ते बीतते-न बीतते दीप्ति का दिल बैठ गया।

एक शाम पावनी घर लौटी तो अपमानित, पस्त, हताश दीप्ति कमरा अँधेरा किए बिस्तर पर लेटी थीं। पावनी बग़ल में लेटकर, ममा की माँ बनी, उन्हें समझाने की कोशिश करने लगी। 'इस तरह फ़ोन क्यों किया ममा? क्यों अपमान झेला?

चलो, अब शादी का मामला मुझपर ही छोड़ दो। हाँ-हाँ, आज से ही सोचना शुरू कर दूँगी कि मुझे ममा की ख़ुशी के लिए जल्दी से शादी कर लेनी है। ओके? चलो उठो, अब चाय पी लो। ऐसे ख़ुद को तक़लीफ़ देता है कोई!'

दीप्ति की उदासी छँटी नहीं थी कि एक दिन पावनी ने ऑफ़िस से फ़ोन करके कहा कि उसे शाम को किसी से मिलने जाना है इसीलिए घर वापसी में देर हो जाएगी।'किससे?' पूछा उन्होंने तो वह बोली-

'अब हर नाम तुम्हें नहीं बता सकती ममा!'

माँ से अपनी सभी सहेलियों के बारे में खुलकर बातें करने वाली बेटी ने एक नाम बताने से इनकार कर दिया, तो दीप्ति नाराज़ होने के बदले आशावान हो गईं। ज़रूर किसी बॉयफ्रेंड का मामला है! ज़ाहिर है, वह लड़के को अच्छी तरह परखेगी, तभी माँ को बताएगी।

ख़ुश दिख रही पावनी देर रात घर लौटकर बोली–

'मैं खाना खाकर आई हूँ। ममा तुम समय से खा लिया करो, अपना ख़याल रखा करो।'

कपड़े बदलकर पावनी फ़ोन लेकर बालकनी में चली गई। देर तक बातें करती रहने के बाद ऑफ़िस का काम निबटाने को लैपटॉप खोलकर बैठ गई। दीप्ति को अरसे बाद सुकून की नींद आई।

पावनी की इच्छा थी इसीलिए रिटायरमेंट के बाद दीप्ति गृहस्थी पति के भरोसे छोड़कर, कुछ महीने रुकने का मन बनाकर चली आईं। शुरुआत में परेशान रहीं, , पर पिछले कुछ दिनों से मन में कोई आशा-सी बँधने लगी है। पावनी का व्यवहार बदला हुआ है। अक्सर देर से घर लौटती, आते ही किसी को फ़ोन करने बालकनी में चली जाती या मेसिज भेजने में व्यस्त हो जाती है। चेहरा ख़ुश और आँखें सपनों में खोई चमकती। उत्सुकता बढ़ती जा रही है कि वह ख़ास आख़िर है कौन, पर दीप्ति कोई पूछताछ नहीं करतीं। अब तो वे निश्चिंत होकर वापसी की तैयारियाँ करने लगी हैं।

दीप्ति को अगली सुबह लौटना था। पावनी बिस्तर में ममा से लिपटकर, अपने बालों में उनसे उँगलियाँ फिरवा रही थी। यह बचपन से उसका प्रिय शग़ल था।

'अब फिर कब आओगी ममा?' उसने लड़ियाते हुए पूछा तो वे बोल पड़ीं–

'जब तुम बुलाओ। कुछ हवा तो दो कि किससे दोस्ती चल रही है?'

पावनी झटके से उठ बैठी। 'तुम्हें लग रहा है कि कोई ख़ास दोस्त आ गया है मेरी ज़िंदगी में?'

'हाँ। नाम तो नहीं बताया तुमने पर... वैसे मुझे कोई जल्दी नहीं। तुम समय ले सकती हो।'

पावनी के चेहरे पर मुस्कान पसर गई और उसने ख़ुश होकर ममा को चुम्मी दी। कलेजे में सुकून लिए दीप्ति वापस लौट गईं और ख़बर का इंतज़ार करने लगीं। अपना अनुमान उन्होंने पति से भी साझा कर लिया। शादी करने, न करने का फ़ैसला पति ने बेटी पर ही छोड़ रखा था, पर ख़बर सुनकर वे बहुत ख़ुश हुए।

दीप्ति अब मन ही मन शादी की तैयारियों में जुट गईं। एक डायरी निकालकर नोट करना शुरू कर दिया–कितने गहने लिए जा चुके, कितने लेने बाक़ी। कितनी नई साड़ियाँ घर पर पड़ी हैं, कितनी और ख़रीदनी। कितना कैश सेविंग्स अकाउंट में पड़ा है, कितने और का इंतज़ाम उचित। कितनी रस्में पता हैं उनको, कितनी पूछनी ज़रूरी। कौन से होटेल वेडिंग प्लानिंग कर देते हैं, कौन सिर्फ़ वेन्यू प्रवाइडर। कभी अकेली बैठी घबराने भी लगतीं–अकेले कैसे निबटेगी बेटी की शादी? कामों में हाथ बँटाने को कोई उपलब्ध ही नहीं! तब ख़ुद को दिलासा देती सोचने लगतीं कि सबकुछ ऑनलाइन हो सकने के ज़माने में क्यों घबराना! औरों ने भी इकलौती बेटी ब्याही है न!! और इन सब के बीच दिल अचानक डूबने लगता। बेटी की माँ होना कितना मुश्किल है कि अभी ख़ुशी के आँसू आए, अभी दुख और आशंका के! बेटी को हमेशा कलेजे से लगाए रखना भी चाहती हैं और उसे ब्याहकर जल्दी से दूजे के घर भेज देना भी। बेटी की विदाई के नाम पर एक साथ दुख से टूटने और ख़ुशी से भीगने लग जाती हैं। कभी यह पक्का भरोसा कि व्यावहारिक और मच्योर पावनी सही लड़का चुनेगी; कभी यह अहसास कि धोखा तो किसी को भी हो सकता है!! कभी प्राइवेट डिटेक्टिव हायर करने के मनसूबे, कभी यह बात खुल जाने पर बेटी के रिश्ते में जलजला आने का भय। उनके भावनात्मक आलोड़नों का कोई अंत नहीं था। शादी की गुपचुप तैयारियाँ करते इसी तरह महीना बीत गया।

शाम को बात हो चुकी थी, पर उस रात पावनी ने दुबारा फ़ोन किया।

'ममा, एक ख़बर है तुम्हारे लिए।'

'हाँ बताओ।' दीप्ति के दिल की धड़कनें बढ़ गईं।

'मैं बाहर जा रही हूँ कुछ दिनों के लिए।'

'यानी?'

'थ्री कंट्री विज़िट पर निकल रही हूँ।'

'अकेले?'

'नहीं ममा! मैं अकेली नहीं जा रही।'

लगा जैसे पावनी कुछ बताते हिचक रही है। कुछ पलों की चुप्पी के बाद दीप्ति बोलीं–

'पर इतनी जल्दी क्या है? बिना कोई कमिटमेंट किसी के साथ सीधे विदेश निकल जाना...मुझे तो ठीक नहीं लग रहा। यह भी तो सोचो कि उसके परिवार वाले तुम्हारे बारे में क्या सोचेंगे?'

'किसके परिवार वाले?' वह चौंकी।

'जिसके साथ जा रही हो।'

'कुछ नहीं सोचेंगे ममा। परिवार वालों को पता है...'

'पता होने और कुछ नहीं सोचने में अंतर नहीं होता?'

'होता है, पर तुम्हें कैसे पता कि कुछ ग़लत ही सोचेंगे? मैंने तो किसी को इस बारे में चिंतित होते नहीं देखा।'

'तुम्हारी बात हुई है उनसे?'

'आई मीन, मैं क्यों करूँगी बात? कर लेंगी वे तीनों अपने-अपने परिवार में...'

'तीनों?'

'हाँ वही तीनों, जिनके साथ जा रही हूँ।'

'तुम तीन लड़कियों के साथ जा रही हो?' दीप्ति ने ख़ुद को अपने ही जाल में फँसा महसूस किया।

'हाँ ममा। राबिया, सुनयना, शेफ़ाली के साथ। और सुनो, तुम ना मत करना... अब सब तय हो चुका है, टिकट भी हो गए अभी-अभी।'

'राबिया, सुनयना, शेफ़ाली? ये सब कौन हैं? कभी नाम तक नहीं सुना।' दीप्ति के दिल को झटका लगा।

'तो हो सकता है न, कि नहीं सुना हो? साथ पढ़ते थे हम सब। अब इसी शहर में पोस्टेड हैं तो साथ जा रहे हैं...शेफ़ाली को पहचान वाले एक ट्रेवल एजेंट से अच्छी डील मिल गई। लग रहा था अरसे से कि बहुत घूम चुके हम इंडिया में, अब बाहर निकलना चाहिए। कुछ पता नहीं, कब किसे, किसके माँ-बाप शादी के बंधन में फँसा दें! तो उसके पहले थोड़ी दुनिया देख आएँ न...'

दीप्ति सन्नाटे में हैं।

'वैसे तो मैं तुमसे बात किए बिना अमूमन कोई बड़ा फ़ैसला नहीं लेती पर इस बार मुझे लगा कि तुम मेरी शादी के सपनों में इस क़दर खोई हो कि क्या पता विदेश घूमने की बात पर हाँ नहीं करो, इसीलिए...'

'बेटा, अब तुम किसी को डेट कर रही हो, इस तरह विदेश घूमने निकल जाओगी, तो उसे...'

'मैं किसी को डेट कर रही हूँ? तब मुझे कैसे नहीं पता?!' अबकी पावनी आसमान से गिरी।

दीप्ति सनाका खा गईं।

'...वह तुम्हारा रोज़ देर से आना, आते ही फ़ोन पर लग जाना, नाम बताने से इनकार करना, मुझसे अपना फ़ोन हमेशा दूर ही रखना, सपनों में खोए रहना...'

'ओह! वह सब? कहा न, जब तक पक्का न हो जाए, तुमसे छुपाने का तय किया था। हम चारों बार-बार मिल रहे थे ऑफ़िस के बाद, प्लानिंग और डिसकशन के लिए...फिर रिलेटेड टॉक और मेसिज घर से...' वह खिलखिलाई। 'सो सॉरी ममा, अगर इससे तुम्हें लगा कि...'

दीप्ति का दिमाग सुन्न होने को था। नौकरी में आने के बाद पावनी दो और लड़कियों के साथ रोड ट्रिप पर मनाली निकल गई, नदी किनारे टेंट में सोई, फिर ट्रेकिंग पर लेह जाना हुआ, उसके बाद अंडर सी वॉक और वॉटर स्पोर्ट के लिए गोवा...डरती रहीं दीप्ति, पर ना नहीं कर पाईं। और अब विदेश? तीन और लड़कियों के साथ अकेले? किसी लड़के को डेट नहीं कर रही? सचमुच??उन्हें घबराहट के मारे पसीना आने लगा।

'प्लीज़ ममा, हाँ कर दो, मुझे घूमने जाने दो प्लीज़। शादी करने से ज़्यादा ज़रूरी है दुनिया देखना। अपने आप को, ज़िंदगी और युनिवर्स को समझने की कोशिश करना। ख़ुद को शादी में झोंककर, कुछ ख़ास लोगों के साथ बाँधकर, अपने पूरे अस्तित्व को ख़त्म कर लेने से अच्छा है ज़िंदगी को खुला छोड़ देना। अपनी लिमिट्स को बार-बार परखना और साहस से सारी लिमिट्स लगातार तोड़ते जाना... सोचो ज़रा ठंढे दिमाग़ से...' वह समझाने की कोशिश कर रही थी।

'पर तुमने वादा किया था मुझसे कि जल्दी से जल्दी शादी कर लोगी।' हताशा से भरी दीप्ति सर में आते चक्कर को सँभालने की कोशिश करती बोलीं।

'हाँ, किया था।'

'तो? अभी तक जल्दी से जल्दी का आगाज़ हुआ ही नहीं?'

'पर जल्दी से जल्दी की डेफ़िनिशन क्या है ममा? मेरे कन्वीनियंस के अनुसार जल्दी से जल्दी...नहीं?' पावनी ने तल्ख़ी से पूछा।

ममा की देर तक चुप्पी ने पावनी को आशंकित किया। वह बोली–

'ममा, डोंट लूज़ हार्ट। मैं शादी कर लूँगी। मैंने कहा तो है तुमसे कि कोई मनलायक़ बंदा मिल गया तो सोचूँगी...पर मैं ऑफ़िस में इन दिनों इतनी बिज़ी हूँ कि मुझे किसी बंदे को डेट करने का समय नहीं है। मुझे आउट ऑफ टर्न प्रमोशन देने की बात चल रही है। ऐसे में काम पर कॉन्सन्ट्रेट करूँ कि किसी बंदे पर? किसी को डेट करना कितना टैक्सिंग है, कितना बड़ा हेडेक है ऐसा रिश्ता–क्या तुम नहीं जानती! मन हो कि नहीं, जबरन समय निकालकर बातें करो, साथ बाहर निकलो, उसके साथ समय बाँटो, उसके मेल और मेसिज का ज़वाब दो और साथ ही मन से इस बात के लिए पूरी तरह तैयार रहो कि यह बंदा सही साबित नहीं भी हो सकता है और तब इस पूरी प्रक्रिया को दूसरे किसी के साथ दुहराओ। इस ख़ौफनाक अनुभव से गुज़रने के लिए जब अपने आप को तैयार कर लूँगी, तब ख़ुद में दिलचस्पी दिखा रहे किसी से दोस्ती बढ़ाऊँगी। पर अभी तुरंत नहीं प्लीज़! पहले प्रमोशन तो हो जाने दो...पता तो चले कि प्रमोशन के साथ मुझे किस कंट्री में पोस्ट किया जा रहा है? तब वैसा ही बंदा देखना पड़ेगा न जो उस कंट्री में पोस्ट हो सकता हो? या कि बंदे को पीछे इंडिया में छोड़कर चली जाऊँ विदेश? तुम समझ रही हो न कि मेरी शादी में बहुत कॉम्प्लिकेशन्स हैं। इसीलिए कह रही थी कि मुझे अपने आप से ही शादी की रस्में कर लेने दो–तुम्हारा हेडेक ख़त्म हो और मेरा भी...पर नहीं, तुम्हारी तो ज़िद है कि मुझे किसी बंदे से ही शादी करनी पड़ेगी, वरना मैं तुम दोनों के बाद दुनिया में अकेली छूट जाऊँगी वग़ैरह...तो ठीक है–कर लूँगी शादी कभी न कभी। पर सुनो, मेरी बातें सुनकर तुम फिर से रोने मत लग जाना। फिर घूमने कैसे जा पाऊँगी तुम्हें रोता छोड़कर? और हाँ, मैंने जो बात छुपाई, उसके लिए मेरे सॉरी को अक्सेप्ट कर लेना प्लीज़!'

दीप्ति ने फ़ोन रख दिया। उनका सर सुन्न-सा लग रहा था। स्वीकार नहीं कर पा रही थीं कि उनकी आशा इस तरह झटके से टूट चुकी है। पावनी का मीठा चेहरा, मीठा स्वभाव, अच्छी नौकरी, मोटी तनख़्वाह, भविष्य में इनहेरिटेंस में मिलने वाली

अच्छी-ख़ासी संपत्ति...सब किस काम के, जब शादी ही समय पर नहीं हो? वे सर पकड़कर बैठ गईं। बेटी की परवरिश में कहीं कोई कमी तो नहीं रह गई? शायद अपने निर्णय ख़ुद लेने की स्वतंत्रता बचपन से इस हद तक नहीं देनी थी कि इस क़दर हेड स्ट्रॉङ्ग हो जाए! बचपन से एकाकी स्वभाव की रही, इकलौती होने के कारण ज़िंदगी में किसी से कुछ शेयर करने की नौबत कभी आई नहीं, पर किसने सोचा था कि कुछ सालों बाद वह अपना समय, अपनी ज़िंदगी ही किसी से शेयर करने से इनकार कर देगी?!

चिंता और अफ़सोस से भरी वे सुबकने लगीं। सोने की कोशिश में देर तक करवटें बदलती रहीं, बग़ल में निश्चिंत लेटे पति को देखकर बेचैन होती हुई कि इन्हें कोई फ़र्क़ क्यों नहीं पड़ता? आम पिताओं की तरह बेटी की शादी तय करने की कोशिश क्यों नहीं करते? विदेश पोस्ट हो जाएगी, तब कहेगी कि वापस इंडिया लौटकर करूँगी शादी। और यहाँ लौटकर कहेगी कि थोड़ा तो इंतज़ार करो...और फिर अगले प्रमोशन के साथ अगली पोस्टिंग किसी और देश में कराकर निकल जाएगी फिर से। एक समय आएगा जब बेटी के ख़ूबसूरत, प्यारे-से चेहरे पर झुर्रियाँ दिखने लगेंगी, वह शादी की उमर पार कर चुकी होगी और वे करती रह जाएँगी निरर्थक इंतज़ार। रोती हुई वे झटके से उठीं और लाइब्रेरी रूम में जाकर दराज़ से शादी की तैयारियों वाली वह डायरी निकाल ली। शायद इसकी ज़रूरत अब कभी नहीं पड़ेगी, कभी नहीं होगी बेटी की शादी!! बहते आँसुओं के साथ वे डायरी के पन्ने एक-एककर फाड़ने लगीं। मन हो रहा था कि सर पटकें, किसी पर अपना ग़ुस्सा निकालें और बेटी की नौकरी छुड़वाकर...उन्होंने सोच पर तत्काल लगाम लगाई। नहीं, किसी भी हालत में पावनी को नौकरी छोड़ने को नहीं कहेंगी। तब तो उनकी परवरिश सिरे से ख़ारिज हो जाएगी।

वे लाइब्रेरी रूम में अँधेरा करके टेबल पर सर दिए देर तक बैठी रहीं। तब अचानक एक विचार दिमाग़ में कौंधा और उनका रोना थम गया। उबलते दूध की तरह उफन-गिरकर बर्बाद हो जाए ज़िंदगी, उससे पहले ही बेटी को सँभालना पड़ेगा। उसका मन शादी की ओर मोड़ना होगा। वे कल सुबह उठते ही सभी रिश्तेदारों को फ़ोन करके पावनी के लिए रिश्ता सुझाने को कहेंगी। पुराने अख़बार निकालकर 'वधू चाहिए' कॉलम काट कर अलग रख़ती जाएँगी, रिश्ते छाँटेंगी, ऑनलाइन साइट्स पर पावनी की प्रोफ़ाइल डाल देंगी...चाहे जितना अपमान झेलना पड़े, पारंपरिक

तरीक़े से शादी तय करने की कोशिशें छोड़ेंगी नहीं। शादी का मामला अब पावनी के भरोसे क़तई छोड़ा नहीं जा सकता। आख़िर कहीं तो होगा पावनी का साथी! विदेश पोस्ट हो जाए, उससे पहले ही हर हाल में उसकी शादी कर देनी पड़ेगी। इस इरादे ने उनके कलेजे को ठंढक पहुँचाई और वे डस्टबिन में फेंक दिए गए डायरी के पन्ने चुन-चुनकर वापस डायरी में डालने लगीं।

... तभी अचानक उन्हें याद आया कि किन नई-नई तरक़ीबों से पावनी उन्हें शादी तय करने से रोक देती आई है और उनका दिल फ़िर से डूब गया। उनकी तय की हुई शादी करने को क्या वह आँख मूँदकर मान जाएगी? कभी नहीं!! ऐसी हालत में फिर क्या फ़ायदा उनकी कोशिशों का? वे उदास होने लगीं। पर उनके अंदर पैदा हुई ठंढक सिरे से ग़ायब हो जाती, उसके पहले ही उन्होंने ख़ुद को याद दिला दिया—वे पावनी की इक्ज़ेक्यूटिव मॉम हैं और रहेंगी। निकालेंगी रास्ता और शादी करवाकर ही मानेंगी। ख़ुद को दिलासा देती हुई वे वापस अपने कमरे में जाकर बिस्तर पर लेट गईं। अब आज रात के लिए एक ही काम बचा था—करवटें बदलते सुबह होने का इंतज़ार!!

('माने ना मन मेरा' शीर्षक से बिंब-प्रतिबिंब विशेषांक, 2023 में)

■■